Detalhe menor

Adania Shibli

Detalhe menor

tradução
Safa Jubran

todavia

I

Nada se movia, exceto a miragem. Imensas áreas ermas se sucediam em direção ao horizonte, estremecendo em silêncio sob seu efeito, enquanto a luz ofuscante do sol da tarde quase apagava os contornos das pálidas colinas de areia. Os únicos detalhes visíveis eram seus limites vagos, que se desdobravam, sem rumo, em encostas e curvas bifurcadas. Aqui e ali, apareciam sombras alongadas de arbustos secos e de pedras que salpicavam as colinas. Nada mais. Apenas a vasta superfície do deserto seco do Neguev, sobre a qual repousava o calor sufocante de agosto.

O único sinal de vida em toda essa extensão eram latidos distantes e a algazarra dos soldados ocupados em arrumar o acampamento, que chegavam a seus ouvidos enquanto observava, pelo binóculo, o espaço que se estendia a sua frente, de cima de um daqueles morros onde ele estava. Apesar da luz forte que lhe ofuscava a vista, continuou seguindo devagar as passagens estreitas e os sulcos que corriam pela areia, deixando os olhos pousarem, em alguns deles, com mais atenção. Por fim, afastou o binóculo dos olhos e limpou-o dos vestígios de suor antes de acomodá-lo em seu estojo; em seguida, foi abrindo caminho através do ar rarefeito da tarde, de volta ao acampamento.

Quando chegaram a esse lugar, tudo que havia eram duas cabanas e o que restava da parede de uma terceira, semidestruída. Foi o que se salvara depois do intenso bombardeio sofrido no início da guerra. Mas agora, ao lado das duas cabanas, já estavam montadas a barraca de comando e a barraca principal, enquanto o barulho, causado pelo fincar das estacas e pela armação das outras três barracas, onde os soldados se alojariam, ainda preenchia o lugar. Seu assistente, o primeiro-sargento, foi encontrá-lo logo que o avistou chegando, para informá-lo de que já haviam terminado de limpar o local dos escombros e das pedras, e um grupo de soldados refazia as trincheiras. Ele respondeu que tudo precisava estar pronto antes do cair da noite e o encarregou de convocar os demais sargentos, alguns cabos e os soldados mais antigos do destacamento para uma reunião na barraca de comando, imediatamente.

A luz do entardecer entrou pela abertura da barraca e se espalhou sobre a areia, revelando na superfície as inúmeras marcas deixadas pelos pés dos soldados. Ele começou a reunião explicando que a missão básica do destacamento durante sua presença naquele local era, além de demarcar a fronteira sul com o Egito e impedir que ela fosse cruzada por infiltrados, passar um pente-fino no lado sudoeste do Neguev, limpando-o dos remanescentes árabes, pois, conforme o relato de fontes militares aéreas, havia movimentação, tanto deles como de infiltrados. Além disso, realizariam expedições de reconhecimento diárias na área, para se familiarizar com a região. Disse que tudo deveria levar algum tempo, mas que eles permaneceriam ali estacionados até que a segurança total nessa parte do Neguev fosse restabelecida. Além disso, fariam exercícios diários e manobras militares, com os outros soldados, para adquirir experiência de combate em condições desérticas e se aclimatar a elas.

Os presentes escutaram-no, atentos ao movimento de suas mãos sobre o mapa aberto diante deles, no qual o acampamento figurava como um pequeno ponto preto, quase imperceptível, dentro de um grande triângulo cinza. E como não houve nenhum comentário, o silêncio reinou na barraca por alguns instantes, durante os quais ele moveu seu olhar do mapa para os rostos taciturnos que pingavam suor e brilhavam na luz que vinha pela abertura. Retomou a fala advertindo-os de que eles teriam de incentivar os outros soldados, sobretudo aqueles que haviam se juntado recentemente ao destacamento, bem como instruí-los a cuidar de seu armamento e seus uniformes, e, no caso de lhes faltar algum equipamento, que ele fosse comunicado no mesmo instante. E, ainda, era preciso relembrar aos novatos a necessidade de manter a higiene pessoal e de se barbear todo dia. Por último, antes do fim da reunião, ordenou que o motorista, um sargento e dois dos cabos que estavam presentes se preparassem para partir com ele, imediatamente, em uma primeira ronda de reconhecimento na região.

Antes de sair, ele passou em uma das cabanas, naquela em que decidira se alojar, e começou a levar seus pertences, que estavam amontoados perto da entrada, para um dos cantos do recinto. Depois, pegou um galão de metal, que estava no meio de suas coisas, e dele verteu um pouco de água em uma pequena bacia do mesmo material. Puxou uma toalha de uma bolsa de tecido, no formato de um saco, umedeceu-a com a água da bacia e limpou o suor do rosto. Lavou-a, tirou a camisa e passou a toalha nas axilas. Voltou a vestir a camisa e, depois de abotoá-la, lavou bem a toalha e a pendurou em um dos pregos fixados na parede. Carregou a bacia para fora da cabana e despejou a água suja na areia. Entrou de novo, depositou a bacia ao lado de seus outros pertences, no canto, e saiu.

O motorista estava sentado ao volante; os outros membros do grupo que foram requisitados para acompanhá-lo estavam em pé ao redor do veículo, e, quando ele se aproximou, todos subiram na parte de trás, enquanto ele se dirigiu para o banco da frente, ao lado do motorista, que se endireitou antes de alcançar a chave e ligar o motor, cujo rugido dominou tudo.

Partiram na direção oeste, avançando entre as colinas pálidas espalhadas por todo o lugar, seguidos por nuvens espessas de areia que irrompiam por baixo dos pneus e subiam, impedindo-os de enxergar tudo que ficava para trás. Aqueles sentados na parte traseira foram obrigados a fechar os olhos e a boca, em uma tentativa de se proteger da poeira, cujas ondas formavam nuvens de diversas formas que se dissipavam apenas quando o veículo não era mais visto e o rugido do motor deixava de ser ouvido. Só então a areia voltava a pousar lentamente sobre as colinas, borrando as linhas paralelas deixadas pelos pneus.

Chegaram à linha do armistício com o Egito, verificaram a faixa fronteiriça e consideraram que não fora atravessada. Com o sol quase tocando o horizonte, depois de terem já recebido suficiente calor e poeira, ele deu ordem ao motorista para que regressassem. Durante essa ronda, não encontraram nenhum sinal de vida na região, apesar dos relatos de movimentações na área.

Chegaram ao acampamento antes do cair da noite. No entanto, a leste, o azul do céu se desmanchava dentro da penumbra, onde se podia notar o brilho tênue de algumas estrelas. Os preparativos no local ainda não tinham sido concluídos, e ele, assim que saiu do veículo, anunciou que tudo deveria estar pronto antes do jantar. Assim, intensificou-se a movimentação dos soldados, cujas figuras já começavam a circular mais animadas e ligeiras pelo local.

Então ele entrou em sua cabana, que já estava toda tomada pela escuridão. Parou no centro, por alguns segundos, antes de voltar e abrir a porta para atenuar um pouco a escuridão no interior. Da parede, pegou a toalha, já totalmente seca, molhou-a com um pouco de água que derramou diretamente do galão, e foi limpando o suor e a poeira do rosto e das mãos. Inclinou-se de novo sobre seus pertences, de onde pegou um lampião, retirou o vidro, deixou-o sobre a mesa sem acender o pavio e saiu da cabana. Apesar de ter permanecido lá dentro por apenas alguns minutos, o céu agora já estava salpicado de inúmeras estrelas, que pareciam ter sido envolvidas por completo pela escuridão, como se a noite tivesse caído de repente sobre o lugar. As sombras dos soldados retomaram o movimento lento, e suas vozes ecoavam na noite escura, na qual o brilho dos lampiões acesos se esgueirava através das aberturas das barracas dos soldados e da barraca principal.

Decidiu então dar uma volta pelo acampamento para verificar como as tarefas estavam progredindo, em especial a escavação de trincheiras e a preparação de espaços de treinamento. Tudo parecia andar bem, exceto pelo fato de que já passavam das oito da noite, e eles tinham o hábito de se encontrar para o jantar às oito em ponto. Não demorou muito para que todos se dirigissem até a barraca principal, onde se sentaram às mesas compridas.

Depois do jantar, ele foi para seu alojamento, guiado pela luz da lua cheia e pelas estrelas espalhadas acima do horizonte sombreado. Preparou-se para dormir, apagou o pavio do lampião e se deitou na cama. Afastou para longe a coberta, deixando todo o seu corpo exposto, pois o calor era pesado e tórrido; mesmo assim, adormeceu imediatamente. Havia sido um dia longo e difícil para todos: 9 de agosto de 1949.

Foi acordado pela sensação de que algo se movia sobre sua coxa esquerda. Abriu os olhos para receber a escuridão sombria e o forte calor. Seu corpo estava ensopado de suor. Havia algo perto da borda de sua cueca, que se moveu para cima e depois parou. O zumbido do silêncio continuou a preencher o lugar, interrompido de vez em quando por algum barulho bem baixinho que vinha dos soldados que estavam de guarda, pelo sopro do vento batendo no tecido das barracas e pelo latido distante de um cão, talvez pelo blaterar de um camelo.

Depois de permanecer imóvel por alguns instantes, levantou a cabeça e as costas em um único porém suave movimento. A criatura se mexeu enquanto ele se manteve inerte naquela posição, até dirigir o olhar para sua coxa, mas a escuridão não lhe permitiu ver o que estava lá, embora já lhe fosse possível distinguir o contorno dos móveis e outros objetos no cômodo, bem como as estacas de madeira sobre as quais as chapas do teto repousavam, além de uma luz tênue que se infiltrava para dentro da cabana, cuja fonte era a lua. De repente, jogou a mão contra a criatura, atirando-a para longe. Correu até o lampião e o acendeu; guiado pela chama, caminhou girando a luz pelo espaço entre a cama e a mesa. E por não perceber nenhum movimento, exceto as sombras oscilantes lançadas por alguns seixos espalhados à medida que o lampião passava sobre eles, as quais examinou com atenção, decidiu expandir o círculo de busca, incluindo a própria cama e o chão abaixo dela, os cantos da cabana, perto da porta, junto à mala, à caixa de equipamentos e aos seus outros pertences, e, em seguida, as paredes e as partes mais próximas ao teto, a cama novamente e perto das botas. Balançou, então, suas roupas penduradas nos pregos fixados na parede, e olhou mais uma vez, com cuidado, a cama e todo o chão, todos os cantos, as paredes, o teto e por último a área coberta pela sua própria sombra, que pulava com ele de um lugar para outro. Finalmente ele parou, e a luz também parou, bem como as sombras lançadas pelo local. Aproximou o lampião da coxa, onde sentia uma leve queimadura. À luz da chama, dois pequenos furos avermelhados apareceram. Era evidente que a criatura tinha sido mais rápida do que ele e conseguira picá-lo antes de ser arremessada para longe.

Apagou o lampião, deixou-o ao lado da caixa de equipamentos e voltou para a cama, mas não conseguiu dormir. A sensação de ardor na área da picada, no topo da coxa, foi piorando pouco a pouco, tanto que, ao amanhecer, ele sentia como se a pele tivesse sido esfolada.

Deixou a cama e se dirigiu até o canto onde havia reunido seus pertences, agora salpicados pela luz do sol da manhã, que penetrava pelos furos das chapas do teto. Encheu a bacia com água, pegou a toalha pendurada no prego, molhou-a bem, torceu-a para remover o excesso de líquido e depois a passou no rosto, no peito, nas costas e nas axilas. Vestiu a camisa e, em seguida, as calças, mas apenas até um pouco acima dos joelhos, quando parou para observar a picada da coxa por um momento. Um ligeiro inchaço havia se formado ao redor dos dois furos, que já estavam com uma cor escura e doíam. Levantou as calças e enfiou a camisa para dentro, apertou o cinto até a marca deixada no tecido. Lavou a toalha e pendurou-a no mesmo prego. Deu uma olhada geral e vagarosa nas paredes, no teto e no assoalho, e depois saiu.

Naquela manhã, interromperam a ronda quando o sol estava quase a pino e não podiam mais suportar o calor, nem mesmo ficar sentados no veículo, que parecia pegar fogo, tão alta era a temperatura, no início da tarde de 10 de agosto de 1949.

Os soldados descansavam nas estreitas áreas sombreadas ao lado das barracas, pois era impossível ficar nos amplos espaços abertos sob o sol, onde cada grão de areia sugava o calor dos raios ardentes desde a manhã. Ele, por sua vez, foi forçado, devido à forte cólica que o acometeu durante a ronda, e não por causa do calor, a se retirar de imediato para seu alojamento, assim que desceu do veículo, sem parar na barraca de comando nem para inspecionar as atividades no acampamento.

A água suja usada por ele de manhã ainda estava no mesmo lugar em que a deixara. Pegou a bacia, levou-a para fora e jogou a água a certa distância da entrada. Em seguida, encheu-a de novo com água limpa do galão. Tirou toda a roupa, exceto a cueca; pegou a toalha pendurada e, depois de umedecê-la, foi passando-a no corpo. Começou com o rosto, depois a nuca e em seguida as partes das costas que conseguia alcançar. Lavou a toalha novamente antes de passá-la nos braços e nas axilas, deixando por último as pernas, exceto a área da ferida, que já estava inchada e avermelhada. Depois de lavar bem a toalha e pendurá-la no prego, pegou uma pequena caixa, que havia deixado em um canto da sala, ao lado do resto de seus pertences, e se dirigiu até a mesa, onde a depositou. Abriu-a e dela tirou antisséptico, algodão e gaze. Verteu um pouco de antisséptico no algodão e começou a limpar a picada com muito cuidado; quando terminou, enfaixou o local com gaze. Foi até a cama e se deitou. Uma aguda contração começava a tomar conta de suas costas e dos ombros.

Embora lhes parecesse útil para se familiarizarem com a área e desvendarem seus enigmas, a ronda do início da tarde também não surtiu efeito, no que se referia a detectar infiltrados. As dunas monótonas ao redor deles continuaram taciturnas, sem revelar nenhum outro vestígio a não ser os deixados pelas rodas do próprio veículo.

Enquanto isso, no acampamento, com o avanço do dia e a persistência do calor, os soldados continuaram a se arrastar lentamente atrás de suas sombras, perseguindo-as conforme se moviam ladeando as barracas. Quando voltou da ronda, e apesar do aumento da cólica sentida antes do meio-dia, ele se dirigiu até um grupo que incluía vários dos soldados mais antigos, atualizou-os a respeito das duas rondas do dia e lhes perguntou como estavam se aclimatando às condições do local e ao calor, sobretudo durante os exercícios atribuídos a eles. Depois de ouvir suas breves respostas, enfatizou a necessidade de estarem ali e de realizarem aqueles exercícios, tão importantes quanto as missões de combate nas quais poderiam participar além dos limites do acampamento, sendo que sua presença naquele lugar e a forma como resistiam, independentemente de sua incorporação em algumas operações militares, desempenhavam um papel fundamental no domínio da área e no estabelecimento de uma nova fronteira com o Egito, tornando-a invulnerável a qualquer tentativa de infiltração. Eles eram o primeiro e único destacamento a chegar a esse ponto extremo no sul desde que a trégua fora anunciada, e era deles a total responsabilidade de mantê-lo seguro.

No caminho para seu alojamento, parou na barraca de comando, onde estavam seu assistente, os sargentos e o motorista, recuperando-se dos efeitos da ronda da tarde; avisou-os de que eles iriam realizar outra ronda antes do pôr do sol.

E, de fato, houve outra, e mais outras no dia seguinte, e nos outros dias; mas tudo que o lugar revelava eram turbilhões de areia e nuvens de poeira, que pareciam ter um único objetivo: persegui-los e caçoar deles. Contudo, isso não conseguiu deter suas operações de busca, assim como o silêncio das colinas inóspitas não foi capaz de debilitar sua determinação em localizar os árabes que haviam permanecido na área e pegar os infiltrados que rapidamente se escondiam nas dunas, logo que escutavam o ruído do veículo. Suas sombras escuras e esguias às vezes apareciam dançando entre as colinas, mas quando o veículo rugia em sua direção e alcançava o local, nenhum deles era encontrado.

Apenas o calor, quando se tornava insuportável, e a falta da luz, quando a noite começava a cair, conseguiam pôr fim àquelas perseguições, e somente então ele dava ordens ao motorista para levá-los de volta ao acampamento. Ao entardecer, o ar se tornava menos pesado e denso, e a temperatura, tolerável. Isso animava os soldados, que em sua maioria não haviam deixado o acampamento ou mesmo se afastado das sombras das barracas, para as quais eles corriam logo que os exercícios militares diários terminavam. E assim, depois do pôr do sol, suas conversas e risadas ressoavam em toda a área até as dez da noite, quando se retiravam para suas barracas e ele ia para a cabana.

Lá dentro, a escuridão era intensa e chegavam de longe alguns sons, que a princípio soaram como murmúrios, fragmentos de balbúrdia irreconhecíveis, mas que gradativamente foram se tornando distinguíveis: o vento soprando no tecido das barracas, os passos dos guardas de plantão e suas chamadas repentinas, intercaladas por alguns tiros distantes, pelo latido de cães ou talvez o blaterar de camelos.

Suado, respirando com dificuldade o ar pesado do ambiente, sentado à mesa sobre a qual vários mapas estavam espalhados, ele ainda ouvia aqueles sons distantes, o que aguçou sua dor de cabeça. Não tinha se livrado da roupa ainda, nem mesmo das botas, nas quais a umidade do suor acumulado afogava seus dedos, presos nelas desde as primeiras horas do dia. Era quase meia-noite: 11 de agosto de 1949. Ele moveu lentamente as mãos para a beirada da mesa, retesou as pernas e levantou-se da cadeira, mas teve de se apoiar nela de novo com as duas mãos, até o corpo cansado se firmar. Respirou fundo, dirigiu-se até a caixa que guardava no canto da cabana, inclinou-se sobre ela, pôs as mãos sobre as duas travas, abriu-as e levantou a tampa. Introduziu a mão direita e retirou uma caixinha de projéteis. Ergueu-se e voltou para a mesa, onde depositou a caixinha e começou a passar seu conteúdo para os bolsos do colete, com as mãos trêmulas. O suor brotava da raiz de seu cabelo, acima das têmporas e bochechas. Quando terminou, pegou seu rifle, encostado à mesa, jogou-o no ombro e saiu da cabana.

A escuridão não parecia tão intensa do lado de fora, mesmo sem a lua cheia das duas noites anteriores. Ele parou por um instante no portão do acampamento, esperando que os soldados de guarda o abrissem. Saiu em direção às colinas sombrias, que lentamente o engoliram.

Andou por um longo tempo, mesmo sob o efeito da cólica aguda que lhe apertava a barriga e da contração nas costas. Seus passos eram claudicantes e ele se esforçava para manter o equilíbrio toda vez que a areia o surpreendia, com depressões ou elevações, conforme pisava. Mesmo assim, não parou sua marcha dentro da escuridão, de cujas entranhas surgiam, de tempos em tempos, uivos distantes; até que foi surpreendido por um declive íngreme que o lançou para o fundo da encosta.

Quando a areia finalmente parou de puxá-lo, ele tentou se levantar, mas a forte rigidez nos membros o lançou de novo ao chão. Então, ajeitou um pouco a posição de seu corpo com a intenção de se sentar e respirou fundo, recuperando o fôlego, mas sem aliviar o aperto no peito.

Permaneceu sentado onde estava, com os olhos fixos no espaço que se estendia diante dele; era penumbra e mais penumbra. A mão esquerda sobre a coxa apalpava, por cima da calça, o lugar da picada. Passado um tempo, sua pulsação diminuiu, depois de ter ficado muito acelerada, dando-lhe a impressão de que estava sufocando enquanto caía. Virou a cabeça para a direita e depois para a esquerda. Ele estava só no meio das colinas. Olhou para as estrelas que salpicavam o céu, até o encontro com o cume das colinas, e, entre elas, a lua abria seu caminho a oeste, em direção à linha escura do horizonte.

Afastou a mão da coxa, descansando-a ao lado, na superfície arenosa, e empurrou o corpo para cima, tentando ficar em pé; mas perdeu o equilíbrio e quase desabou, não fosse o rápido reflexo que o pôs de pé, dirigindo-se em seguida para a colina que estava diante dele; iniciou então sua escalada. Chegou ao topo com a penumbra cobrindo seus olhos. Uma vez no alto, parou por um momento e deu um giro, passando os olhos no espaço sombrio ao seu redor. Uivos dispersos alcançavam seu ouvido, em ecos repetidos pelas colinas, de modo que era impossível identificar de onde vinham. Pareciam ser parte da escuridão que jazia sobre os elevados arenosos espalhados por toda parte. Retomou a caminhada.

Seguiu caminhando até o fim da noite, até quando as sombras começaram a se dissipar, e as bordas das colinas, a aparecer com a claridade do amanhecer. Naquele instante, uma lufada de ar frio atravessou-lhe as roupas, infiltrando-se em sua pele e de lá até os ossos. Sacudiu-se depois de um arrepio forte, sua respiração se alterou de novo e ele foi obrigado a parar de andar. Tentou inspirar com parcimônia, mas sua garganta de repente liberou uma tosse frustrada e um arroto, levando-o a inclinar a cabeça e a vomitar.

Quando a crise de enjoo passou, ele pegou, com as mãos trêmulas, o cantil que lhe pendia da cintura; tirou a tampa, aproximou-o dos lábios e lavou a boca várias vezes. Depois de cuspir a água do último bochecho e se acalmar um pouco, chegou a escutar novamente aqueles ruídos vindo de trás das colinas, mas agora em um tom mais elevado. Parecia que a luz do amanhecer de repente encurtara a distância que o separava daqueles sons. Sua respiração voltou a se alterar e o corpo a tremer; começou a mudar apressadamente seu olhar de uma colina desértica para outra, entre as dezenas espalhadas ao redor. E decidiu tomar a direção dos ruídos, que foram aumentando e acelerando, assim como as pulsações de seu coração, à medida que a distância se encurtava e ele conseguia distinguir alguma coisa. Parou de marchar por uns instantes, mas logo retomou a caminhada, apesar dos tremores por todo o corpo, em direção aos ruídos, cuja origem não era outra senão os soldados de seu destacamento. Quinze minutos o separavam do acampamento, de onde partira havia várias horas.

A luz pálida da manhã cobriu os picos das colinas ao redor do acampamento, onde se espalhavam os soldados que haviam despertado. Alguns saíam das barracas, outros desapareciam nelas, enquanto alguns tomavam lugar na fila que se formava ao lado do tanque de água, com a toalha no ombro ou no pescoço, esperando sua vez para usar a torneira. Quando ele cruzou o portão principal, passando por eles a caminho de sua cabana, todos se endireitaram, levantando a mão em direção à cabeça para lhe prestar continência, com o olhar no vazio.

Uma sombra agradável aconchegava-se na cabana. Fechou a porta atrás de si e avançou em direção à mesa, retirou a cartucheira e a depositou ali; em seguida, aproximou-se da cama e parou, depois de encostar o rifle na parede, à sua direita. Permaneceu inerte por algum tempo, enquanto a escuridão aos poucos se dissipava, evidenciando os objetos do lugar. As contrações se espalhavam por todo o seu corpo. Inclinou-se lentamente em direção aos pés e começou a desamarrar as botas, cuja cor, por causa da poeira, havia mudado de marrom para amarelo pálido. Pegou as botas com as duas mãos e levantou o corpo, impulsionando-o, com o rosto contraído de tanto esforço. Caminhou em direção à porta; abriu-a, parou na entrada da cabana e começou a bater um pé da bota no outro, formando um halo de poeira. Voltou para o interior, empurrou as botas para debaixo da cadeira, tirou a camisa e as calças, largou-as sobre a cadeira; foi então para a cama, sentou-se na beirada e começou a examinar o curativo que cobria a picada na coxa esquerda. A pomada amarela que ele passara antes havia vazado da atadura branca. Ele levantou a cabeça de novo e começou a passar os olhos, lentamente, pelo lugar, exceto pelos pontos em que a luz já tinha invadido, penetrando pelas fendas, de onde ele desviava o olhar com rapidez. Quando terminou de observar o espaço, virou-se com cuidado e deitou-se de costas. Logo, manchas negras começaram a dançar diante de seus olhos. Ele examinou os objetos no aposento, a começar pela mesa e pela cartucheira, passando pelo caixote, pela bacia, pelos pregos na parede, por suas roupas na cadeira, pelas botas embaixo dela; manchas de luz escapavam por entre as chapas do teto e pela porta; e então o acampamento, as dunas sombrias, o declive de onde caíra, as areias nas quais tentou se agarrar, a lua e o horizonte escuro, as roupas na cadeira, os pregos na parede, o curativo que ele removeria de sua coxa; num salto, pulou da cama e depois voltou a se sentar. O curativo estava no lugar. Levou a mão até ele e lentamente começou a desfazer a atadura, num movimento semicircular, em que uma mão retirava uma camada e a outra pegava a gaze; e assim a mancha amarela da pomada foi ficando cada vez mais escura a cada volta, até que ele desfizesse a atadura por completo. Uma olhadela para o lugar da picada o fez pular, impulsionando a cabeça para cima. Ele ficou de pé e engoliu a saliva várias vezes, antes de novamente observar a faixa de gaze que pendia da mão direita. Além das manchas da pomada, que formaram círculos ao longo dela, o tecido estava esgarçado em muitos pontos. Ele avançou em direção à mesa perto da cartucheira, abaixou a cabeça e reexaminou o inchaço que se formara em sua coxa. Estava cheio de pus amarelo e cercado por um círculo vermelho, outro azul, e um terceiro, preto.

Usou mais da metade do conteúdo da água que sobrara no galão para se lavar. Pegou da mala uma muda de roupas limpas e, da caixa de equipamentos, gaze, algodão, antisséptico e o pote de pomada. Derramou um pouco de antisséptico no algodão e começou a limpar a área inflamada com cuidado; em seguida, enfiou o dedo no pote e espalhou uma quantidade de pomada em torno da picada. Repetiu a operação uma, duas, três, quatro vezes, até esconder totalmente o inchaço. Enfaixou então a coxa com a nova gaze, vestiu as roupas limpas, calçou as botas, voltou a se sentar na beirada da cama e entregou os ouvidos aos ruídos que vinham de fora, dividindo com ele a suave sombra que se estendia pelo lugar.

Do lado de fora, ecoou um alvoroço gerado pela atividade diligente dos soldados, que ocorria duas vezes ao dia, no início e no final do dia, quando a temperatura lhes permitia praticar exercícios militares e andar pelo acampamento. De repente, ele pulou para cima da cama e se aproximou de um canto do teto, abrindo os olhos o quanto permitiam suas pálpebras inchadas, e fixou o olhar. Logo depois, caminhou até a porta e a escancarou. Uma luz penetrante chegou até o chão do aposento, na entrada, sem que avançasse para iluminar o interior. Veio acompanhada pelas vozes dos soldados vindas do lado das barracas. Ele voltou até a parte do teto que estava examinando e lá parou. Levantou a cabeça o máximo que pôde e fixou os olhos de novo, mas não ficou naquela posição por muito tempo: instantes depois, baixou a cabeça bruscamente e esfregou o pescoço, enquanto piscava várias vezes. Voltou para o canto da sala perto da entrada, inclinou-se e lá ficou agachado, observando um ponto específico, até mover os olhos para o canto em que seus pertences estavam amontoados e rastejar até ali. Quando alcançou a caixa de equipamentos, puxou-a e olhou atrás dela. Havia uma aranha de patas finas, grudada do outro lado. Estendeu a mão direita, esmagou-a e continuou a rastejar para perto da cama, sob a qual várias pequenas aranhas descansavam e onde elas tinham, com seus filamentos, costurado uma teia dentro da qual, aprisionado, estava um besouro cinzento já morto. Esmagou-as com a sola da bota, logo que a passou por debaixo da cama. Então se curvou de novo, aproximou a cabeça do chão e olhou mais perto. E, com movimentos rápidos, começou a pular de um lugar para outro, esmagando inúmeros pequenos insetos que rastejavam pelo chão.

Seguiu sua ronda no quarto, e, com os olhos, inspecionava com cuidado as paredes. Duas aranhas e uma mariposa foram exterminadas. Subiu então na mesa e virou a cabeça para o teto, fixando o olhar no primeiro canto, mas algumas manchas e faixas escuras começaram a tremular diante de seus olhos, seguidas por uma escuridão débil que se espalhou por todos os cantos do alojamento. Ele perdeu o equilíbrio e quase caiu, então saltou para o chão e puxou a cadeira, sentou-se e descansou a cabeça na beira da mesa, fechando as pálpebras avermelhadas.

Enquanto isso, um pequeno inseto avançou em direção à parede e, deslizando por um vão que havia ali, fugiu para fora.

Passado um tempo, ele abriu os olhos e começou a piscar novamente. Levantou a cabeça da mesa, aproximou ambas as mãos e apertou as têmporas, com o semblante carregado. O blaterar de um camelo e o latir de um cão conseguiram chegar até ele pela porta, mas o alvoroço dos soldados, que treinavam e se exercitavam em vários lugares do acampamento, abafou-os de novo. Cerrou as pálpebras e permaneceu ali sentado, cercado por muitos sons de volume, distância e intensidade variados, bem cedo naquela manhã de 12 de agosto de 1949.

Pouco tempo depois, lá estava ele subindo no veículo, na companhia de dois sargentos e três soldados. Acompanhava com o olhar seu pé direito conforme pisava no degrau do veículo, antes de empurrá-lo para diante do banco da frente, onde seu corpo desabou. À sua esquerda, estavam o câmbio de marcha e os cinco indicadores em forma de relógio, cujos ponteiros, frenéticos, se agitavam. As manchas negras novamente obscureceram sua vista por alguns instantes, e depois por um longo espaço de tempo.

Dessa vez, eles partiram sem abrir nenhum dos mapas que costumavam estudar antes de sair para realizar as costumeiras rondas. Ele apenas instruiu o motorista para que os levasse em determinada direção. "Vá para lá", disse ele, indicando uma colina que desenhava um recorte na linha do horizonte.

E lá se foram as rodas do veículo engolindo a areia antes de espalhá-la no ar com abundância, transformando-a em longas nuvens de poeira que, como sempre, se espreguiçavam às suas costas, enquanto eles avançavam observando as colinas que incansavelmente se sucediam, em ambos os lados da estrada. Mas, assim que alcançaram a colina indicada, ele logo apontou para outra, paralela ao horizonte, em linha reta à qual tinham acabado de chegar. E assim continuaram sua ronda, de uma colina para outra, até que pararam a certa distância de uma delas, para examinar algumas pegadas na areia.

Assim que o motor foi desligado e eles desceram do veículo, uma calma quase absoluta dominou o lugar. Só se escutava o som abafado de seus passos na areia conforme iam avançando durante a exploração. Quando terminaram, tomaram um pouco de água, regressaram ao veículo e se prepararam para partir em direção "àquela colina", que ele sinalizou do banco do carona, antes de tomar uma golfada de ar, respirando fundo, o que o obrigou a fechar os olhos. Quando os reabriu, a colina havia sumido atrás das manchas negras que começaram a se mover diante de seus olhos feito um inseto frenético. Levantou a mão, de repente, abrindo a palma no ar, fazendo os soldados se calarem no mesmo instante. Apenas um momento depois, acenou para o motorista ligar o motor de novo, mas antes disso o som de um cão latindo foi ouvido.

De longe, avistaram palmeiras-dum, terebintos e canas-do--reino, por entre cujos caules corria um filete de água. Tão logo pararam o veículo, ele desceu e correu naquela direção, seguindo uma encosta de areia que o levou suavemente para baixo. Atrás dele, estavam os outros membros da patrulha, para quem não olhou, pois seus olhos estavam pregados nas árvores, detrás das quais, além dos latidos de um cão, chegava também o blaterar de camelos. Assim que ele pôs os pés na base da encosta, correu e foi atravessando caules e ramos, que de repente se abriram para revelar um grupo de árabes, de pé, imóveis ao redor da nascente. Seus olhos encontraram os olhos dos árabes, tão abertos quanto os olhos dos camelos, que se assustaram quando ouviram novos latidos e se afastaram alguns passos. Depois só se ouviu o barulho de um intenso tiroteio.

Por fim, o latido do cão cessou, e alguma calma tomou conta do lugar. Agora, só se ouvia o choro contido de uma menina, que se dobrava sobre si feito um besouro, e o farfalhar das folhas das árvores quando os soldados passavam entre elas, vasculhando o lugar em busca de qualquer tipo de arma, enquanto ele olhava o esterco deixado pelos animais naquela área verde cercada por intermináveis dunas estéreis. Então ele caminhou por entre os camelos, jogados sobre o solo, como morrinhos cobertos por grama seca. Eram seis. Todos mortos, a areia já engolia lentamente seu sangue, os membros de alguns deles ainda se mexiam, em movimentos quase imperceptíveis. Seus olhos então pararam sobre um punhado de grama seca que estava ao lado da boca de um dos camelos, e que parecia ter sido recém-arrancado; em suas raízes, ainda havia grãos de areia.

Nenhuma arma foi encontrada. Os dois sargentos e os soldados vasculharam a área várias vezes sem resultado. Finalmente, ele se virou para a massa arredondada preta que continuava a gemer e decidiu tocá-la; agarrou-a com as duas mãos e a chacoalhou. O cão foi ouvido de novo, e o latido se misturou ao choro da menina. Ele empurrou a cabeça dela para baixo, cobrindo-lhe a boca com a mão direita, que ficou lambuzada pela viscosidade da baba, do ranho e das lágrimas da jovem. Seu cheiro fez-lhe virar a cabeça; no entanto, ele logo se voltou a ela, aproximou sua outra mão da própria boca e pôs o indicador sobre os lábios, olhando-a diretamente nos olhos.

Quando a patrulha chegou ao acampamento, quase todos os homens estavam sentados ao longo da estreita faixa de sombra que corria paralela às barracas. E, quando fizeram a jovem e o cão descerem da parte traseira do veículo, alguns abandonaram a sombra e se aproximaram dos recém-chegados. Ele moveu seu olhar da área das barracas para a areia que refletia os raios do sol escaldante, e depois para o veículo, o que expôs seus olhos a diferentes graus de luminosidade, cobrindo-os com manchas pretas e cinzas, que se tornavam mais densas graças às moscas que pairavam ao redor do grupo. Por fim, cravou o olhar em seu assistente, que já lhe perguntava o que fazer com a menina. Alguns momentos se passaram antes que ele respondesse. Sua mandíbula permaneceu travada até que ele baixou a cabeça na direção da areia, fechou as pálpebras e fez várias respirações curtas. Só então ele respondeu que, por enquanto, eles teriam que deixá-la na outra cabana, designando um soldado como guarda, e que mais tarde decidiriam o que fazer com ela. Em todo caso, não podiam soltá-la naquele deserto ermo. Quando levantou a cabeça de novo, olhou para os homens, que já estavam reunidos em torno dos recém-chegados, e dirigiu-se a eles com uma voz clara e um tom ameaçador: ai de quem se aproximar dela. Deixou-os e caminhou até sua cabana. Assim que entrou, foi direto para a cama e se deitou, fechou as pálpebras inchadas e se entregou rapidamente a um sono profundo.

Ele abriu os olhos, moveu-se vagarosamente de onde estava e com cuidado sentou-se na beira da cama. Um instante depois, levou a mão esquerda em direção ao rosto e esfregou de leve as bochechas. Levantou-se, foi até a porta e a abriu. Um pouco de luz penetrou o interior sombrio da cabana e envolveu seu corpo enquanto ele enfiava a cabeça pela porta para dar uma olhada. Não dormiu muito, pelo menos não o suficiente para a sombra voltar a ocupar uma extensão maior de areia. Foi de novo para dentro e começou a caminhar pelo quarto, examinando as paredes, os cantos e o teto; seus olhos perceberam o ligeiro movimento de três aranhas, que foram imediatamente esmagadas com a mão. Ele então foi para o canto onde seus pertences estavam e derramou um pouco de água na bacia de metal e, da caixa de equipamentos, tirou os apetrechos de barbear e um pequeno espelho, que pendurou num prego, e começou a examinar seu reflexo. Ao longo dos últimos três dias, sua pele ficara mais escura em alguns pontos e mais vermelha em outros, especialmente em torno das pálpebras, mesmo que ele nunca deixasse de usar o boné, que aliás havia feito uma marca em sua testa.

Passou um pouco de creme de barbear nas bochechas e no queixo; umedeceu o pincel com a água limpa que tinha derramado na bacia e o aproximou do rosto, onde espalhou o creme em movimentos circulares até que a pele ficasse toda branca. Assim que terminou, começou a remover a espuma com a navalha, primeiro das maçãs do rosto e depois, do pescoço. A cada movimento, a navalha ficava coberta de espuma, cuja cor foi aos poucos mudando do branco para marrom-claro, devido aos pelos loiros da barba que se misturavam ao creme e lembravam grãos de areia. Em seguida, ele passou a navalha na borda da bacia, para retirar o acúmulo de espuma, que escorregava para dentro da bacia e, atingindo a superfície da água, aos poucos se desfazia, sem deixar de flutuar.

Quando terminou de fazer a barba, levou a bacia de água suja para fora e jogou seu conteúdo na areia, a certa distância da entrada. Voltou para dentro e fechou a porta, mas não completamente, deixando que um pouco de luz se esgueirasse atrás dele. Verteu água do galão na bacia, despiu-se e desatou a faixa do curativo, sem olhar para o lugar da picada, que agora já parecia uma ferida infectada, porém sem lhe causar nenhuma dor. Começou a se lavar ali mesmo, abdicando do banho junto aos outros membros do destacamento.

Primeiro umedeceu a toalha na água da bacia, esfregou-a na barra de sabão e passou no rosto, no pescoço e nas orelhas. Enfiou a toalha de novo na água e a torceu, esfregou o peito, a barriga e o que conseguiu alcançar das costas antes de levá-la de novo à bacia, lavá-la e torcê-la e depois passar nos braços, nas axilas e em seguida nas pernas, contornando a área ao redor da picada, acima da coxa, com extrema suavidade, sem olhar para ela. Ainda assim, sua boca ficou cheia de saliva, então ele moveu com rapidez a cabeça para cima e respirou profunda e lentamente.

Depois de limpar a virilha, lavou bem a toalha com sabão e a pendurou na parede; voltou para a cama e se deitou, deixando a ferida descoberta. Pouco tempo depois, levantou-se, caminhou até a caixa de equipamentos, no canto da cabana, e tirou um novo rolo de gaze, algodão e antisséptico. Derramou um pouco do líquido no algodão, limpou o machucado rapidamente e o enfaixou, sem apertar muito. Devolveu o antisséptico à caixa, inclinou-se sobre a mala ao lado e tirou uma muda

de roupas limpas, que exalava um cheiro agradável, embora já fraco, mas que chegou até seu nariz e ficou ali alojado por alguns instantes antes de se dissipar.
Começou a se vestir. O tecido das roupas, seco e limpo, roçava-lhe a pele, enquanto ele vasculhava as paredes, o chão e o teto com os olhos avermelhados, fechando-os de vez em quando. Tudo estava totalmente calmo ao seu redor. Depois de calçar as botas, dirigiu-se à porta, que estava entreaberta, abriu-a por completo e lá ficou a contemplar a cena que se desdobrava diante dele, composta na maior parte do céu, com o sol em seu extremo sul, depois vinham a areia, as barracas, a segunda cabana e o cão deitado a uma curta distância dela, com a cabeça sobre as patas da frente, olhando para a porta trancada, ao lado da qual havia um soldado sentado.

O cão pulou e começou a latir logo que ele se aproximou da segunda cabana, mas ele nem olhou para o animal. Em vez disso, dirigiu-se ao soldado de guarda, ordenando-lhe que abrisse a porta. Ele entrou, e quando a luz que o acompanhou não venceu a escuridão, deu a volta imediatamente, saiu e ordenou ao guarda, que ainda estava do lado de fora, que trouxesse a menina e o seguisse.
Quando ele já tinha dado alguns passos, o cão começou a latir de novo, por isso ele começou a andar mais devagar, sem voltar os olhos para trás; apenas baixou a cabeça um pouco na direção de sua sombra, que se estendia sobre a areia, se arrastando com leveza à sua frente conforme ele avançava atravessando o acampamento em direção ao tanque de água, enquanto o soldado cumpria suas ordens. Era o meio da tarde.
Chegando perto do tanque, ele se virou para o soldado, que estava logo atrás dele segurando a menina pelo braço, seguidos pelo cão. Ele ordenou que ficasse onde estava e olhou para as barracas dos soldados, alguns dos quais haviam deixado

seu lugar na sombra, chegando mais perto do tanque para acompanhar o que acontecia. Ele ordenou ao primeiro que avistou que trouxesse uma mangueira e a conectasse à torneira; o soldado foi imediatamente em direção ao centro do acampamento, onde os equipamentos estavam reunidos. Os soldados que se juntaram em torno deles continuaram a olhar para ele e para a menina calados, enquanto ele observava o cão que estava próximo, e depois olhou para as barracas, que competiam com as dunas estendendo-se em direção ao azul pálido do céu.

Logo o soldado voltou com a mangueira enrolada no braço em círculos regulares; foi direto para o tanque e ajustou uma das extremidades na boca da torneira. Ele ordenou que lhe passasse a outra extremidade, e o soldado soltou a mangueira enrolada no chão, para que ela o seguisse enquanto se movia. Depois de receber a ponta da mangueira, ele se aproximou da menina e, com a mão esquerda, removeu o pano preto de sua cabeça; em seguida, usando também a mão direita, com a qual segurava a mangueira, agarrou com firmeza as duas bordas da gola do seu vestido e as puxou; o som agudo do pano se rasgando rompeu o silêncio. Deu uma volta em torno da menina, puxando o vestido até arrancá-lo totalmente de seu corpo, lançando-o em seguida para longe, o mais distante que pôde, junto com os outros trapos que ela trazia enrolados no corpo, em que se acumulavam o fedor do esterco de animais, o bafio azedo da urina e dos fluidos secretados pela genitália, além da peste ácida do suor antigo intensificada pelo suor recente. O ar ficou carregado com todos esses odores penetrantes, e o corpo da menina era responsável por boa parte deles. Isso o forçava a virar a cabeça, para um lado e para outro, a fim de não inspirar o cheiro que a envolvia. Finalmente, ele deu alguns passos para trás e ordenou ao soldado, que ainda estava ao seu lado, que fosse abrir a torneira.

Pouco depois, a água fluía pela mangueira, que ficou mais pesada na sua mão, e de repente ele tirou o dedo da abertura e deixou a água se derramar na areia. Ao penetrá-la, a água deixou-a mais escura, como as areias sombreadas. Rapidamente, ele dirigiu o fluxo da mangueira para a menina, e a água foi caindo sobre seu corpo.

Começou a molhá-la, arqueando o próprio corpo para evitar que os respingos da água o alcançassem, e girou em torno dela, movendo o jato de água da barriga para a cabeça, em seguida para as costas, e de lá para suas coxas e seus pés, nos quais os grãos de areia se juntavam; depois de volta para a parte superior do corpo. Após tê-la molhado por inteiro, permitindo que a água atingisse todas as partes, tapou a boca da mangueira com o polegar, virou-se para os soldados, que ainda estavam reunidos em torno dele, e ordenou ao primeiro que viu para que lhe trouxesse imediatamente uma barra de sabão.

Os soldados continuavam alternando seu olhar entre ele e a menina, que, encolhida como uma bola, tremia na areia, até que a barra de sabão chegou, deslizou da mão do soldado para sua mão, e de lá para a areia, aos pés da menina. Ele apontou para a barra com a mão direita, que segurava a ponta da mangueira, enquanto movia a mão livre sobre a cabeça e o peito. A jovem ficou imóvel, petrificada, até que foram ouvidos risos reprimidos dos soldados. Ele então gritou com ela com uma voz penetrante e o olhar bem fixo em seus olhos, ordenando-lhe que pegasse a barra de sabão. Nesse ponto, o riso e os comentários dos soldados foram abafados, e apenas a respiração do cão foi percebida. Ela estendeu a mão devagar para a barra de sabão e a pegou. A água ainda pingava de todo o seu corpo. Ela se ergueu um pouco e começou a passar o sabão, em círculos, sobre a cabeça, depois no peito, que aos poucos foi sendo coberto por uma camada de espuma branca, escondendo momentaneamente o moreno amarelado de sua pele.

Naquele instante, ele desviou o olhar para a mancha de areia molhada que a rodeava. O solo não reteve muita água, pois a areia deu conta de sugá-la rapidamente. Quando ele levantou a cabeça de novo em direção a ela, a espuma já lhe cobria quase todo o corpo, em especial a parte da frente. Retirou o polegar da ponta da mangueira para permitir que a água fluísse outra vez; mas agora apertou a saída entre o polegar e o indicador, estreitando a abertura para que o fluxo saísse mais forte e fosse mais longe. Moveu o jato na direção da jovem.

Ele começou a remover a espuma e, às vezes, com o jato de água, empurrava a espuma para áreas que o sabão não tinha alcançado. Quando terminou de tirar a maior parte da espuma do corpo da menina, tapou a boca da mangueira com o dedo e pediu para que fechassem a torneira, sem olhar para nenhum dos soldados em particular. E, enquanto o alvoroço do grupo era ouvido novamente, o cão permanecia de pé no mesmo lugar, atento, com os membros esticados e a língua revelando a respiração alterada. De repente, ele gritou ao soldado que estava indo desligar a água que esperasse um pouco. Levantou então o polegar da boca da mangueira e o líquido começou a sair de novo, agora em direção ao cão, que, atingido pela água, fugiu em meio às risadas dos soldados. Ele sorriu e ordenou ao soldado que fechasse a torneira. Quando a água parou de sair, ele largou a mangueira no chão.

Também largadas na areia, não muito longe da mangueira, estavam as roupas puídas e rasgadas da menina, tão desbotadas pelo sol que, agora, pareciam plantas secas mortas.

Deu novas ordens, e vários soldados competiram para cumpri-las. Pouco tempo depois, um deles voltou com uma camiseta e outro com um calção; ele pegou as duas peças com a mão direita e as estendeu para a menina.

Sua mão ficou suspensa no ar, segurando a camiseta e o calção por algum tempo, até que a mão esquerda da menina se aproximou, enquanto ela tentava, com a mão direita, cobrir o máximo que podia da frente de seu corpo, que, a essa altura, já havia secado sob o sol, exceto por pingos ainda espalhados em alguns pontos, como na parte inferior de seu seio direito, sombreada pela parte superior. Seu olhar pousou ali por instantes e depois se moveu rapidamente para a mão da menina, que já estava bem próxima da dele. Ele então abriu a mão, e, antes que ela pudesse pegá-los, o calção e a camiseta caíram no chão.

Com seu novo traje, a menina se assemelhava aos outros membros do destacamento que se aglomeravam ao seu redor, exceto por seu cabelo encaracolado e longo, o que a deixava um pouco diferente. Ele moveu os olhos entre seus homens e encarou o enfermeiro, que logo foi incumbido de uma nova missão: desinfetar e cortar o cabelo da menina para evitar que os piolhos se espalhassem pelo acampamento. O enfermeiro então se afastou do grupo, acompanhado por um dos soldados, e minutos depois ambos voltaram: o primeiro, trazendo uma maleta e um banquinho; o segundo, uma lata que exalava cheiro de combustível. O enfermeiro pôs o banquinho no chão e a maleta ao lado; foi até a menina, pegou-a pelo braço e a levou até o banquinho, empurrou seus ombros para baixo e ela se sentou. Ele se inclinou sobre a maleta, de onde puxou um par de luvas, que enfiou pelos dedos com habilidade, e pediu para o soldado aproximar-lhe a lata. Pegou-a e começou a derramar seu conteúdo sobre o cabelo da menina até cobri-lo por inteiro. Deixou a lata de lado e esfregou bem o couro cabeludo, em especial atrás das orelhas e acima da nuca. Isso feito, pegou da maleta pente e tesoura, olhou para ele e perguntou até onde deveria cortar. Na altura das orelhas, ele disse. O enfermeiro fez um risco com a ajuda do pente entre as madeixas de cabelo, deixando à vista uma linha na pele, de intensa brancura.

Os soldados assistiam quietos ao cabelo da menina caindo em volta dela, na areia; enquanto isso, o soldado que estava de guarda e mais um outro agarraram o cão e passaram em seu pelo amarelo-claro um pouco do líquido daquela lata. Ao vê-los executando essas funções, ele sentiu um calafrio que durou alguns instantes, mesmo com os raios escaldantes do sol da tarde caindo sobre eles sem piedade.

Logo que o enfermeiro acabou de cortar o cabelo da menina, esterilizou a tesoura, enquanto um dos soldados juntava em um pano os fios cortados e espalhados sobre a areia. Assim que terminou, amarrou-o e o depositou sobre os trapos da menina e, seguindo suas ordens, botou fogo neles.

A uma distância da fogueira que consumia o monte de trapos, ainda se viam, sobre a areia, mechas de cabelos em forma de pequenos círculos pretos.

A menina foi levada de volta para a segunda cabana; o guarda e o cachorro retomaram suas posições anteriores, à porta; os outros soldados se dispersaram aos poucos indo em direção à sombra das barracas, deixando-o, a seu assistente e aos sargentos das três unidades conversando. A partir daquele momento, eles teriam de tomar precauções extremas e dispor grupos adicionais de soldados em diferentes pontos do acampamento para estarem prontos no caso de que os árabes realizassem, nas semanas seguintes, alguma retaliação, depois da operação do dia. Quanto à menina, eles a levariam para o quartel-general ou a deixariam numa das aglomerações árabes logo que fosse possível; o que não podiam era mantê-la ali por muito tempo. Enquanto isso, ela iria trabalhar na cozinha do acampamento.

Depois da conversa, ele deixou o grupo e foi para o portão principal, e de lá para as colinas a oeste, com a intenção de realizar uma rápida ronda; mas sentiu contrações nos membros que o impediram de ir muito longe, por isso ele se sentou em um dos morros próximos, de onde podia observar a paisagem amarela e árida envolta pelo silêncio, não fosse pelas vozes dispersas dos soldados, que chamavam uns aos outros ou riam. De repente, algumas imagens voltaram-lhe aos olhos, o camelo estendido na areia com o punhado de grama seca, recém-arrancada com a raiz, ao lado da boca, e, em seguida, a menina.

Adormeceu durante um tempo. Logo que abriu os olhos, voltou-os em direção ao acampamento, que ficava à sua direita. Estendeu a mão esquerda até o inchaço na coxa e o apalpou por cima das calças. Levantou-se e caminhou na direção do sol, afastando-se do acampamento. O sol já estava muito perto da linha do horizonte.

Ele continuou caminhando para oeste até as vozes que vinham das barracas ficarem quase inaudíveis. Quando não se ouvia mais nada, caiu sobre uma das dunas, ofegante e com a boca cheia de saliva. Puxou do ar alguns respiros, enquanto seu olhar se prendia na extensão oeste do deserto, evitando olhar direto para o disco de sol. Ainda estava muito quente, mesmo sendo quase seis da tarde.

Logo depois, o sol sumiu atrás das colinas, uma brisa soprou aliviando o peso do ar e uma estrela brilhou, hesitante, acima da linha leste do horizonte. Ele se levantou com esforço e se virou para voltar ao acampamento, guiado por aquela estrela vespertina; em seguida, o latido do cão ecoava, ficando mais nítido e alto conforme ele progredia rumo à escuridão. A penumbra crepuscular já se espalhava, apagando o azul do céu. Era a noite de 12 de agosto de 1949.

Quando ele chegou ao acampamento, o cão ainda latia. Dirigiu-se imediatamente à segunda cabana e o latido aumentou à medida que se aproximava. Perguntou ao soldado de plantão se estava tudo bem e ouviu um "sim" como resposta. De repente, a porta da cabana se abriu e a menina saiu chorando e balbuciando palavras entrecortadas, que se confundiam com o latido contínuo do cão.

E naquele momento, depois do crepúsculo, pouco antes de a noite cair por completo, assim que a menina começou a articular palavras em uma língua diferente da deles, ela voltou a ser uma estranha, não importava o quanto se parecesse com os soldados daquele acampamento.

À direita da cabana, o soldado manteve sua posição, com os olhos fixos na areia, evitando olhar para ele, que começou a balançar a cabeça, passivo.

Naquela noite, ele ordenou que preparassem um jantar especial para comemorar o sucesso da ronda matinal, depois de tantas outras completamente infrutíferas. E quando o último soldado se sentou à mesa, às oito horas, ele se levantou, saudou-os e enalteceu a contribuição de todos na defesa e proteção da área. "Pois o sul continua em perigo, e devemos fazer tudo o que estiver ao nosso alcance para resistirmos e permanecermos; do contrário, nós o perderemos.

"Não podemos hesitar em dedicar tudo que temos de força e de vontade em prol da construção deste flanco de nosso jovem Estado, de sua defesa e conservação para as gerações futuras. Isso exige de nós que saiamos à procura do inimigo, em vez de ficarmos parados esperando por ele, 'vá em frente e mate, antes, aquele que pretende te matar'.

"Tampouco podemos ficar parados, observando extensões sem fim de terra que poderiam acolher milhares de nós, que estão no exílio, sofrendo do mais lamentável abandono, ou será que não somos capazes de regressar à nossa pátria? Pois este lugar que agora parece árido e ermo, que não tem nada além de infiltrados, alguns beduínos e camelos, já assistiu à passagem de nossos ancestrais há milênios. E se os árabes, em virtude de seu sentimento nacionalista improdutivo, rejeitarem a ideia de nos estabelecermos nesta região e continuarem se opondo a nós, preferindo que estas terras permaneçam abandonadas, é nosso dever, como exército, agir, pois ninguém tem mais direito a esta terra do que nós, depois de eles a terem negligenciado, deixando-a improdutiva durante longos séculos, permitindo que fosse tomada por beduínos e seus rebanhos. É nosso dever impedi-los de permanecer aqui e expulsá-los para sempre. Afinal, os beduínos geralmente arrancam, mas não plantam, e seus animais devoram toda a vegetação que encontram diante deles, fazendo com que as áreas verdes minguem dia após dia. No entanto, faremos tudo o que estiver ao nosso alcance para permitir que esta vastidão floresça e se torne habitável, o contrário do que é agora: árida, inabitada.

"E aqui, em particular, vamos testar nossa criatividade e nossa liderança, ao conseguirmos transformar o Neguev em uma área próspera e civilizada, em um centro de aprendizagem, de desenvolvimento e de cultura, como estamos fazendo no norte e no centro do país. Por mais estéril que possam parecer agora, estas áreas desérticas irão gradualmente recuar, à medida que as árvores forem plantadas e os projetos agrícolas e industriais lançados, permitindo que nosso povo viva aqui. No entanto, para que tudo isso se realize, teremos de começar derrotando os piores e mais perniciosos inimigos deste lugar, além de lançarmos as bases para a proteção da área da melhor forma possível. Nossa presença aqui é o ponto de partida para tornar esse sonho realidade.

"Hoje, neste lugar inóspito e desértico, estamos de fato fazendo parte da batalha pela existência e permanência no sul. Por isso, nossa missão não é apenas militar, mas nacional. De forma alguma permitiremos que o Neguev permaneça um deserto inóspito, sujeito à aridez e aos caprichos dos árabes e de seus animais.

"É hora de lembrá-los da frase que encontramos quando chegamos e que estava escrita no que restara daquela parede derrubada: 'Não é o canhão que vence, mas o ser humano'."

Copos e pratos semivazios cobriam as mesas quando o jantar comemorativo terminou, e os soldados permaneceram distraídos conversando e rindo alto, criando um clima de alegria turbulenta que o acampamento não tinha experimentado nos dias anteriores. Essa foi a primeira vez que o moral de todos esteve em alta desde que chegaram àquela área, e talvez o vinho tenha contribuído para isso, pois, embora em pouca quantidade, todos os soldados puderam beber naquela noite.

Por volta das nove e meia, ele se levantou de novo e pediu silêncio. Com os olhos e o rosto visivelmente avermelhados, ele os lembrou da garota que haviam trazido para o acampamento naquele dia, e disse que alguns soldados mexeram com ela. Um silêncio pesado se espalhou, abafando a alegria que reinava na barraca até aquele instante.

Depois de alguns momentos, durante os quais ninguém se atreveu a proferir uma palavra, o que aumentou a tensão dentro da barraca, ele retomou a palavra e disse que lhes ofereceria duas opções, das quais deveriam escolher uma: ou eles mandavam a menina para a cozinha, para que trabalhasse ali, ou todos poderiam se divertir com ela.

Os soldados continuavam embasbacados, alguns procuravam no olhar dos colegas uma resposta, outros olhavam para o lado, encabulados, inquietos, ninguém tinha certeza se ele falava a sério ou se estava lhes preparando uma armadilha, ou mesmo se estava bêbado. Mas pouco a pouco foram ouvidas vozes dispersas, que logo se tornaram uníssonas com fervor pela segunda opção.

Os gritos e a agitação tomaram conta da barraca e os soldados começaram a planejar, com entusiasmo, como iriam definir os turnos com a menina. Sugeriram então que o primeiro dia seria para os homens da primeira barraca, o segundo, para os da segunda barraca, e o último, para os da terceira barraca; e o motorista, o enfermeiro e os membros que cuidavam da cozinha formariam outro grupo.

Finalmente, e antes de voltar a se sentar, ele disse, em alto e bom som, que se algum deles tocasse na menina, a consequência seria "esta", apontando para o rifle apoiado à direita.

Imediatamente depois da celebração, ele foi para a segunda cabana e ordenou que o soldado de plantão pegasse a menina e o seguisse. Todos: ele, o guarda e a menina, seguidos pelo cão, foram em direção à sua cabana. No caminho, ele passou no centro do acampamento, onde eles reuniam os equipamentos, e voltou com uma cama dobrável, que o soldado correu para pegar dele.

Quando chegaram à cabana, tirou a cama das mãos do soldado e a levou para dentro, enquanto os outros esperaram do lado de fora; momentos depois, eles notaram a luz do lampião e escutaram o barulho de móveis sendo empurrados.

Não demorou muito para ele aparecer à porta e pedir ao soldado que pusesse a menina ao lado da cama, no canto esquerdo do aposento, enquanto ele permaneceu na entrada, observando a escuridão que se formava ao seu redor. As estrelas, em número infinito, estavam espalhadas pelo céu límpido, mas pareciam menores e menos brilhantes do que nas noites anteriores. Eram como os grãos de areia que cobriam a soleira da cabana e brilhavam na luz fraca do lampião que vinha de dentro. Não olhou para o soldado de guarda que tinha acabado de sair e estava de pé atrás dele. Mas quando ele virou o corpo e o percebeu, teve um ligeiro abalo em seus movimentos. Antes de deixar o lugar, ordenou-lhe que ficasse onde estava, perto da porta, e que não deixasse ninguém entrar na cabana. Ele voltaria dentro de uma hora ou um pouco mais.

Desceu o pequeno declive arenoso que conduzia às barracas, e de onde chegava, para a vasta escuridão, a conversa abafada dos soldados. Quando o chão ficou mais linear, virou à direita na direção da entrada principal e a atravessou, seguindo para as colinas próximas em uma rápida ronda, em torno do acampamento.

Depois que concluiu sua ronda exploratória, voltando ao ponto de onde partira, sentou-se de pernas cruzadas na areia, de costas para o acampamento e de frente para as colinas espalhadas por todos os lados, escuras e totalmente quietas. Os ruídos distantes que ecoavam nas noites anteriores haviam desaparecido, e agora nem a conversa dos soldados podia ser ouvida. De repente, a escuridão ficou mais impenetrável, e ele reagiu virando os olhos abaulados, agora muito mais inchados, em direção ao acampamento. Tinham acabado de apagar as luzes que há pouco estavam acesas na barraca principal, depois que terminaram de limpá-la, concluído o jantar comemorativo. Levantou-se, sacudiu a areia de suas roupas e voltou ao acampamento.

O guarda ainda estava perto da porta, exatamente como ele o deixara. Diante dele, deitado no chão, estava o cão, com a cabeça apoiada sobre as patas dianteiras. Depois de se certificar de que tudo estava bem, dispensou o guarda, dizendo-lhe que deveria voltar às seis da manhã em ponto.

Quando ele estendeu a mão até a porta para entrar, suas costas e membros contraíram-se de repente, obrigando-o a se curvar. Mesmo assim, avançou para dentro da cabana e conseguiu chegar até a mesa, que ele mesmo tinha empurrado até mais próximo da parede para dar espaço à segunda cama, e lá ele parou. O silêncio era absoluto, carregado de um cheiro penetrante e forte, dominado pelo odor de combustível. Logo depois, ele escutou uma respiração agitada, seguida por um movimento leve na cama.

Ficou sem se mover por um instante, depois sua mão conseguiu alcançar o lampião que estava sobre a mesa e o acendeu. Sob a luz, definiu-se a nova aparência da sala, com o acréscimo da cama e a mudança de lugar da mesa e da cadeira, e novos formatos de sombras foram se desenhando nas paredes e no chão.

Passou a realizar a varredura completa do lugar. Partindo dos pés da própria cama, movendo-se de lá para os cantos da caixa, até a parte de trás da mala e dos outros itens, em seguida, para o canto esquerdo da porta, a porta em si, passando depois para os pés da segunda cama, os da cadeira, da mesa, depois todos os cantos do aposento, o chão e as paredes, o teto e todos os seus cantos: em um deles, uma pequena aranha projetava uma enorme sombra. Ele puxou a cadeira, subiu nela, esmagou a aranha e desceu; pôs a cadeira de volta no lugar e nela se sentou. Descalçou as botas, empurrou-as para debaixo da cadeira; levantou-se e tirou a roupa, deixando-as em cima da cadeira. Foi até a caixa de equipamentos, tirou a pomada e uma nova bandagem; levou-as com ele até a cama, sentou-se na beirada e começou a desfazer o curativo que envolvia sua coxa. No entanto, antes de limpar o lugar da mordida e aplicar a pomada, a rigidez do corpo atingiu uma intensidade tal que o impediu de continuar a se mover. Largou a pomada e a bandagem perto dele, na cama, depois se aproximou com muito esforço do lampião e o apagou, deixando a escuridão impenetrável tomar conta da cabana de novo. Com cuidado, pôs as costas sobre o colchão, ajeitou-se e dormiu.

Acordou respirando com dificuldade. O calor era sufocante e o ar, seco. Ficou inerte na mesma posição por algum tempo. Qualquer movimento que ele fizesse poderia provocar a contração de todos os seus músculos, e possivelmente lhe causaria uma dor de cabeça intensa. Então ele fechou os olhos de novo e tentou controlar a respiração, que logo se alterava outra vez.

O ar sombrio da cabana ainda estava tomado por um cheiro repelente, vindo do canto ocupado pela menina; o teto baixo e a porta fechada tornavam o odor mais forte e sufocante. Mas ele não podia se livrar disso saindo dali, tinha de ficar com a garota até as seis da manhã, e eram apenas três e meia. Ele se virou para a direita e depois para a esquerda, de cara para a parede, ficando de costas para a parte da cabana onde estava a menina. Foi invadido mais uma vez por imagens do que acontecera no dia e na noite anteriores, o que levou seu sono para mais longe. Abriu os olhos.

Despertou. Estava na mesma posição; de frente para a parede. Virou-se um pouco e ficou com as costas apoiadas sobre a cama, olhando para o teto. Naquele momento, um ligeiro movimento foi ouvido no canto da sala ocupado pela segunda cama, onde a menina abraçava as pernas. Ele continuou a observar o teto, olhando a luz pálida que se esgueirava pelos furos. Já passava das quatro horas, e a menina continuava acordada. Ele se virou para a parede, quando a luz do amanhecer começava a atenuar a escuridão e amenizar o calor dentro do aposento.

De repente, uma onda de escuridão inundou a cabana, como se o tempo tivesse recuado para a noite em vez de avançar para o dia. Essa escuridão foi acompanhada por uma onda de calafrio que o forçou a pôr as mãos entre as coxas e a arquear o corpo, de costas para a parede. Todos os seus membros estremeceram. Puxou as mãos trêmulas de entre as pernas e as levou à barriga, cobrindo-a com ambos os braços, pois a cólica aguda voltara.

Seu corpo tremia muito, a ponto de fazer as molas da cama rangerem. De repente, girou o corpo, movendo as pernas trêmulas para fora da cama, em direção ao chão; levantou-se com dificuldade e se afastou da cama, que então silenciou. Ficou parado, tremendo e abraçando o corpo com as mãos para aquecê-lo, enquanto seus pés absorviam o frio do chão, que atingiu seu grau máximo naquela hora, pouco antes do amanhecer, o que intensificava seus tremores. Mais uma vez, percebeu um movimento na cama dela.

Depois de alguns instantes, ele se moveu de onde estava em direção à segunda cama, que emitiu repentinamente um som estridente. Sua perna colidiu com a borda fria metálica, e sua respiração vacilante veio se misturar com o som da respiração agitada vindo do canto em que a menina se abrigava. E, quando estava prestes a jogar seu corpo na cama, os gritos dela encheram o interior da cabana, sendo imediatamente seguidos pelos latidos do cão do lado de fora. Ele se inclinou sobre a menina, e com a mão procurou sua boca, para tapá-la. Ela então fincou os dentes na mão dele, mordendo-o. Ele reagiu no mesmo instante puxando a mão e, com um movimento impulsivo da outra, agarrou o cabelo dela, que escorregou entre seus dedos, de tão oleoso que estava. A menina conseguiu se desvencilhar, mas apenas por alguns instantes, pois, logo em seguida, ele apertou seu pescoço com a mão esquerda e com o punho direito golpeou seu rosto. A menina parou de se mexer. Ele ficou naquela posição, inclinado sobre ela por alguns segundos, depois se virou e deitou-se aproximando seu corpo do dela, deixando os batimentos acelerados de seu coração ecoarem no peito da menina.

O cão continuava latindo do lado de fora, enquanto, abaixo dele, o barulho das molas da cama foi aos poucos sumindo, conforme seu corpo se aquecia. Contudo, sua respiração ainda ressoava no interior sombrio do aposento, revezando-se com o latido do cão do lado de fora. Até que um último latido desesperado foi ouvido, seguido por um movimento quase inaudível das patas do cachorro enquanto se afastava da porta e se enterrava na areia. Uma calma completa tomou conta do lugar.

Ele fechou os olhos e estendeu a mão esquerda até o lugar da picada, sentindo-a com cuidado, apalpando com suavidade o morrinho inchado. Moveu a mão direita, marcada agora com linhas fracas devido à mordida da menina, para baixo, onde parou sobre a coxa dela. Foi então varrido por um abalo forte, que o lançou mais uma vez à tremedeira. Virou todo o corpo, juntando-o ao da menina, pôs sua mão esquerda sobre a barriga dela e passou a direita por baixo de suas costas. Os tremores não cessaram; faziam seu corpo se sacudir, de quando em quando, desde a parte lombar até os pulsos. Seu coração batia com violência no ponto em que seu peito encontrava o dela, cujas curvas agora voltavam a aparecer sob a luz fraca do amanhecer. Momentos depois, ele afastou a mão esquerda para longe da barriga da menina e levou todo o seu corpo para o lado esquerdo dela. Enfiou a mão esquerda por baixo da sua camisa até o seio direito, onde repousou, tomando-lhe a forma. Jogou em seguida o corpo em cima do dela e levantou sua camisa até o pescoço. O calor do corpo dela fez desaparecer, aos poucos, as ondas de calafrio que percorriam o corpo dele.

Com a mão direita cobrindo a boca dela e com a outra agarrada ao seio direito, o rangido das molas foi abalando a serenidade do amanhecer; ficou mais nítido, mais intenso, acompanhado pelo latido do cão do lado de fora.

O rangido cessou, mas o latido agudo continuou por mais um longo tempo.

Sua mão direita continuava tapando-lhe a boca, e uma saliva pegajosa se represou entre seus dedos, quando ele abriu os olhos. Devia ter dormido uma meia hora, não mais. Sentiu um tremor nos dedos da mão que cobria a boca da menina, mas que logo desapareceu. O calafrio já havia abandonado seu corpo. Permaneceu na mesma posição sem se mexer, enquanto ela jazia tolamente inerte embaixo dele. Adormeceu novamente.

Não tardou muito a acordar. Suspendeu um pouco a parte superior do corpo e removeu a mão direita dos lábios dela e levou-a ao próprio peito, para sentir a marca deixada por um dos botões da camisa dela. A mão esquerda ainda estava em volta do seio direito. Ela continuava imóvel sob seu peso. Seu seio direito, ainda, na mão dele. Ele apertou a boca dela novamente com a mão direita. A atmosfera foi sendo tomada, afora o rangido da cama e o latido do cão, pela luz do amanhecer, que lentamente espalhava frias réstias pelo lugar.

O interior da cabana foi invadido por uma mistura de cheiros repugnantes, que tinham se dependurado em diferentes pontos de suas narinas e garganta. Foi possível distinguir o cheiro do combustível no cabelo dela, ao qual tinha aderido um sabor azedo intenso, mas que escondia algo de doce, vindo da parte inferior do seu ventre; sobrepujando essa mistura havia um fedor pungente e o ranço frio que emanava do rosto inerte da menina. Então sua saliva começou a se juntar na parte de trás da garganta e da língua, e ele pulou da cama, jogando a cabeça para cima, pegou da cadeira a camisa e as calças, vestiu-se às pressas e se aproximou da porta, de cujas fendas se esgueiravam linhas finas de luz. Agarrou a porta, abriu-a e pôs a cabeça para fora; respirou fundo. O cão, que ainda estava deitado diante da cabana, ficou rapidamente sobre as patas no instante em que a porta se abriu e começou a latir, pular e se mover em círculos sobre a areia; seus passos tinham a mesma calmaria da luz da manhã que se estendia sobre o acampamento.

O amanhecer chegava com seu ar fresco. Uma fina camada de nuvens se estendia no céu ao leste, encobrindo os primeiros raios do sol; a luz pálida conferia, à paisagem, tons de cinza.

Passou o olhar pelo acampamento, onde os soldados assumiam vários pontos de vigilância. Avistou aquele que tinha sido encarregado de vigiar a menina: estava parado perto da segunda cabana. Chamou-o para se aproximar imediatamente.

Quando o soldado chegou, ordenou que ele entrasse em seu alojamento e levasse a menina de lá para a segunda cabana, dizendo que ela fedia. Depois de alguns momentos, a fricção dos pés metálicos da cama sobre o chão da cabana foi ouvida, e era tão estridente que ensurdecia, e ficava mais aguda conforme se aproximava da entrada, até que diminuiu quando os pés dianteiros da cama já estavam na areia, depois desapareceu por completo.

O soldado começou então a arrastar com grande esforço a cama, que afundava na areia a todo instante, tanto que outro soldado teve de vir ajudá-lo. O cão acompanhava-os em uma linha paralela, na mesma velocidade em que transportavam a cama, sobre a qual a menina ainda estava desmaiada, o corpo balançando no ritmo dos movimentos dos soldados.

Ele voltou à cabana, onde o ar ainda estava carregado de odores fétidos — o que trouxe a saliva de volta para sua boca —, e deu a volta apressando o passo até a entrada, onde tomou ar fresco enquanto observava os soldados levando a cama, seguidos pelo cão. Quando chegaram à outra cabana, deixaram a cama diante da porta; o guarda foi até o tanque de água e abriu a torneira acoplada, deixando a água sair para encher um balde posicionado bem debaixo dela. Pouco depois, fechou a torneira, pegou o balde e seguiu em direção à segunda cabana. Assim que chegou, derramou a água do balde sobre o corpo imóvel da menina deitada. O cão fugiu assim que alguns respingos o atingiram; quanto à água que alcançou a areia, ela não fluiu, pois, como sempre, foi engolida com avidez, deixando manchas dispersas de areia coagulada, que logo desapareceriam, assim que a suave luz matinal do sol atravessasse as transparentes nuvens do lado leste, que por sua vez já se dissipavam. Os dois soldados arrastaram a cama para dentro da segunda cabana, saíram e trancaram a porta atrás deles. Ele também voltou para sua cabana e fechou a porta.

Mas, como o cheiro nauseabundo persistia, foi forçado a se aproximar de novo da porta, que abriu pela metade na esperança de que o ar puro da manhã e a luz suave pudessem entrar. Sem perder um instante, ele devolveu os móveis à disposição anterior; puxou a mesa e a cadeira em direção ao centro da sala, o que exigiu dele muito esforço, evidenciado em seu rosto contraído. Ele então foi em direção ao galão de água e verteu metade de seu conteúdo na bacia, que trouxe para a mesa. Deu a volta e apanhou a toalha pequena e a barra de sabão, que aproximou do nariz, inalando seu perfume enquanto caminhava até a mesa. Primeiro, tirou a camisa, deixando-a sobre a cadeira, depois as calças, mas, de repente, ficou petrificado: o inchaço da coxa havia estourado, e o lugar da picada passou a ser um buraco de carne corroída e pútrida, com uma mistura de pus branco, rosa e amarelo, e de onde emanava um fedor penetrante.

Enquanto ele caminhava em direção ao veículo, um pequeno pássaro preto riscou o céu, cuja cor se tornava mais intensa conforme o sol se afastava da linha do horizonte arenoso. Quando chegou, rapidamente pulou para o banco do motorista, deu a partida e saiu em direção à parte noroeste do Neguev.

Embora não fosse ainda meio-dia, o calor logo o forçou a interromper a ronda, pois quanto mais o sol progredia em seu caminho para o zênite, maior a força com que os raios atingiam as colinas, redobrando o peso do ar com sua temperatura.

Quando desligou o motor, a calmaria voltou a reinar sobre as colinas, e o cheiro forte de combustível encheu o ar mais uma vez, fazendo-o sentir náuseas. Saiu do veículo e caminhou pela areia na direção oeste, seguido pelos raios do sol, que acometiam suas costas. O horizonte, diante dele, se agitava nervoso na miragem.

Ele continuou a marcha até que lhe apareceu ao longe, entre as colinas áridas, uma área coberta com grama seca; parou por um momento e, em seguida, continuou a andar até lá, precedido pelos pontos negros que pululavam diante dele e que não abandonavam mais sua vista. Quando seus pés pisaram naquela área, o silêncio denso que engolia o ar desapareceu; ele começou a ouvir o barulho da grama seca sendo esmagada por seus pés. Seus olhos se moviam, durante essa caminhada, de uma planta para outra, que juntas formavam o manto de vegetação e despontavam, em sua maioria, de grandes bulbos.

Pulou então até a encosta de uma colina baixa, de frente para a vegetação seca, e começou a observar as dunas de areia que o rodeavam de todos os lados. Longe dele, a nordeste, estava o veículo parado. Moveu os olhos para uma cavidade aparente na areia à sua direita, de onde saíam e voltavam formigas gigantes, que conforme corriam redesenhavam formas sobre a areia. Levantou o olhar novamente para o manto de grama seca e as planícies de areia amarelada que se estendiam à sua frente. De repente, foi invadido por uma onda de calor que se espalhou por todo o corpo como chamas, obrigando-o a se abaixar e se deitar sobre a areia. Descansou a cabeça na palma da mão direita e estendeu a esquerda em direção ao boné para puxá-lo até as sobrancelhas. Sentiu o cheiro do combustível que ainda estava impregnado em sua mão e moveu o rosto para o lado, para evitar senti-lo, tanto quanto possível. Aproximou o nariz da areia e começou a respirar o ar que repousava diretamente na superfície. Tinha um cheiro fraco de secura.

Voltou para o veículo, sentou-se ao volante e olhou para as dunas, cujas faces refletiam a luz do sol e queimavam seu rosto cansado. Deu a partida, pisando no acelerador com o pé direito; mas o veículo não se moveu, suas rodas patinavam na areia. Ele levantou o pé do acelerador e inspirou fundo várias vezes; pisou de novo, e o veículo pulou adiante, para o sudeste.

Quando chegou ao acampamento, foi recebido pelo cão na entrada principal, dirigindo-lhe seu latido raivoso. Desceu do veículo, alguns soldados se dispersaram para longe da segunda cabana, de onde um soldado saía apressado abotoando as calças e fechando a porta, que ninguém guardava.

Ele gritou chamando o soldado que tinha sido encarregado da missão de vigiar a menina, enquanto caminhava em direção à segunda cabana. Quando chegou, ouviu a resposta do guarda, que vinha logo atrás dele. Mas naquele exato instante a porta da cabana se abriu e a menina a cruzou, gritando e chorando. Ele se virou para o soldado, distante agora poucos passos, e disse-lhe para levá-la de volta para onde ela estava trancada. O soldado imediatamente começou a puxá-la pelo braço em direção à cabana, mas ela tentou resistir a ele, enquanto olhava para o oficial, que virou a cabeça na outra direção para evitar o cheiro de combustível que flutuava no ar que a rodeava. A menina seguiu gritando e chorando, mesmo depois de ser obrigada a entrar na cabana. Quando o soldado saiu e trancou a porta, o oficial olhou para ele e ordenou-lhe a não se mover de onde estava, então voltou para sua cabana.

O choro da menina foi se transformando em um gemido quase inaudível, fazendo os latidos do cão diminuírem aos poucos.

Quando entrou na cabana, foi recebido por vestígios de mau cheiro. Deixou a porta aberta, pegou a pequena toalha pendurada no prego e começou a chicotear o ar estagnado no canto que, na noite anterior, era ocupado pela segunda cama, tentando empurrá-lo para a porta e, de lá, para fora. Continuou se esforçando para expulsar o fedor, até que a toalha caiu de sua mão. Pegou-a do chão, largou-a na beira da cadeira e, de onde estava, iniciou uma varredura visual. Instantes depois, puxou a cadeira e se sentou, mas logo voltou para o canto onde seus objetos repousavam. Verteu um pouco de água do galão na bacia; tirou a camisa, as botas, as meias e, finalmente, as calças, em cujas barras ainda havia alguns espinhos e grama seca grudados. Pegou a toalha e, depois de umedecê-la com água e esfregá-la na barra de sabão, passou-a no rosto e no pescoço. Lavou a toalha, esfregou-a outra vez no sabão e lavou o peito e os braços. Lavou-a, de novo, passou-a no sabão e limpou as axilas. Lavou-a novamente e passou-a nas pernas, sem remover o curativo que cobria a ferida. Quando terminou de se limpar por inteiro, lavou bem a toalha e a deixou no lugar de sempre.

Ele vestiu as mesmas roupas, que, embora deixassem escapar um leve cheiro de suor, ainda mantinham um aroma agradável. Saiu da cabana carregando a bacia, jogou seu conteúdo na areia, devolveu-a para dentro e dirigiu-se à segunda cabana.

O soldado de guarda e o cão estavam sentados à porta, mas, quando ele se aproximou, o cão pulou e começou a latir; o soldado também ficou de pé. Primeiro, ele olhou para o cão e, em seguida, para o soldado, a quem ordenou que chamasse seu sargento assistente e o motorista, e que os informasse de que tinham de se preparar imediatamente para sair em uma missão rápida; feito isso, também deveria encontrar uma pá e levá-la para o veículo, onde ele estaria esperando.

O soldado partiu para cumprir suas ordens, enquanto ele permaneceu perto da porta, olhando para o cão, que tinha parado de latir e agora fechava e abria os olhos enquanto virava a cabeça, observando o lugar. Apenas alguns momentos depois, ouviram-se vozes chegando da barraca de comando, para onde ele olhou e viu o sargento e o motorista saindo dela, seguidos pelo soldado. Os dois primeiros se dirigiram até o veículo, enquanto o terceiro foi ao local onde os equipamentos estavam armazenados, não muito longe da barraca de comando.

O sargento e o motorista ficaram parados, ao lado do veículo, esperando o oficial, que conduzia a menina à frente, caminhando em direção a eles e seguida pelo cão, ao passo que o guarda corria na direção do grupo de outro lugar, com uma pá na mão.

Enquanto isso, alguns soldados se levantaram de onde estavam sentados, à sombra das barracas, e seguiram observando o que acontecia. A quietude, sobre a qual o calor do sol pesava enquanto ele seguia seu curso subindo pelo céu, e que reinava no acampamento, foi quebrada pelo grito de um dos soldados, que, com voz alta e dirigida aos que estavam perto do veículo prestes a sair, pediu que lhe devolvessem seu calção, emprestado à menina.

O veículo foi posto em movimento e o cão correu atrás dele, tentando em vão alcançá-lo; seus latidos inicialmente sobrepujaram o barulho do motor, que enfim se distanciou até sumir por completo entre as dunas.

Não haviam se afastado muito do acampamento quando o oficial ordenou que o motorista parasse, argumentando que não tinham muito combustível. O motor emudeceu; ele desceu primeiro, e depois os outros. Ele ordenou ao soldado de guarda que cavasse uma vala de dois metros por um, naquele "ponto", apontando para uma área na areia que não diferia das outras. Foram apenas alguns minutos para que a lâmina da pá começasse a atravessar aquele "ponto", tentando retirar de seu bojo o máximo que pudesse de areia, que depois era atirada o mais longe que o braço do soldado e o cabo da pá conseguiam alcançar.

A escavação seguia em silêncio quase absoluto, exceto pelo barulho da pá, retirando a areia e livrando-se dela, e de algumas vozes emitidas pelos soldados no acampamento, que chegavam por trás das colinas, em forma de murmúrios, ao perderem a intensidade pela distância. De repente, um grito agudo cruzou o ar. A menina gritava enquanto fugia correndo. Ela então caiu na areia antes mesmo que fosse ouvido o estalo de um tiro que se alojou no lado direito de sua cabeça. O silêncio ressoou no espaço. E reinou de novo a calma.

O sangue que jorrava da cabeça da menina era sugado sem dificuldade pela areia, enquanto o sol lançava seus raios sobre suas nádegas nuas, da cor da areia.

Ele deixou o soldado trabalhando na cova, observado pelo sargento e pelo motorista, e voltou ao veículo. Estava tremendo quando o motorista foi até ele para lhe dizer que talvez ela não tivesse morrido e que não deveriam deixá-la assim, o melhor era que se certificassem de sua morte. Ele continuava tremendo, paralisado por algo que parecia uma dilaceração em seu intestino, mas conseguiu mover os lábios, passando uma ordem ao motorista para que seu sargento se certificasse disso. Logo depois, seis tiros soaram, e então a calma novamente. Era a manhã de 13 de agosto de 1949.

As colinas de areia foram se espaçando, permitindo enxergar o acampamento, e o cão reapareceu latindo, agitado, na direção deles. Quando o veículo parou, o cão também parou, mas não deixou de latir.

Desceram; o sargento, o motorista e o soldado foram para as barracas da tropa, e ele foi para sua cabana. O cão o seguiu, ainda latindo para ele. Por fim, ele se virou para o animal e o chutou com a bota; o cão pulou para trás, rosnou e fugiu para o mais longe que pôde, enquanto ele continuou caminhando para a cabana. Ao entrar, foi recebido por uma onda intensa de calor, acompanhada por um já fraco cheiro fétido.

Caminhou até o canto dos equipamentos, pegou a barra de sabão, esmagou-a em pedaços pequenos e os espalhou pela área que havia sido ocupada pela segunda cama. Ele voltou para o canto, derramou na bacia a água que havia sobrado no galão e a levou para a mesa. Então se aproximou da caixa de equipamentos e tirou uma nova barra de sabão, voltou para a mesa, enfiou as mãos na água e levou o que pôde para o rosto; pegou a barra de sabão, envolveu-a em suas mãos molhadas, e foi ensaboando até que os cantos pontudos da barra ficassem arredondados; lavou o rosto com a espuma deixada na mão e depois enxaguou bem. Uma dormência começou a se espalhar por seu corpo. Enxugou o rosto e as mãos devagar, foi até a cama e se deitou, deixando o braço direito para fora dela, de modo que seus dedos podiam tocar o delicado frescor alojado debaixo da cama, longe da temperatura ambiente que pesava sobre o lugar.

Estava quase adormecendo quando seus olhos se abriram, fixando-se no teto. Algo se mexeu sobre seu peito, e ele pulou de repente, se sacudindo. Não era nada, apenas um dos botões de sua camisa que se movera com a respiração. Redirecionou a atenção para o teto, examinando parte por parte, quando escutou um macio arranhar sobre o chão, acariciando seu ouvido direito.

O cão se aproximou da palma da sua mão direita e começou a cheirá-la, mas ele de repente pressionou-a sobre as mandíbulas do animal, a vibração causada pelas sacudidas dos latidos reprimidos do cão começou a se espalhar por sua mão, enquanto o som das patas, que deslizavam no chão na tentativa de escapar da garra do oficial, tomava a atmosfera dentro da cabana. O cão lutava e, quanto mais se esforçava, mais escorregava no chão, mais trêmulo se tornava seu latido contido, e mais se intensificava o rangido das molas da cama em que o oficial estava deitado. Ele finalmente abriu a mão, e o cão deslizou pelo chão antes que seus latidos, desesperados e altos, pudessem ser ouvidos enquanto fugia.

Sua mão direita continuou estendida para fora da cama, enquanto a esquerda, que ainda exalava um fraco cheiro de combustível, descansava sobre seu peito.

2

Quando terminei de pendurar as cortinas nas janelas, deitei-me na cama; foi quando, na colina do outro lado, um cão começou a latir sem parar. Já passava da meia-noite e eu não conseguia dormir, apesar de exausta, por ter passado o dia inteiro arrumando a casa e fazendo uma faxina pesada: espanei a mobília e esfreguei o chão, lavei outra vez os lençóis e as toalhas e a maioria dos utensílios da cozinha, embora, a princípio, a casa devesse estar limpa antes de eu começar minha limpeza, pois o proprietário me garantiu que tinha chamado uma senhora só para cuidar da faxina. Aluguei esta casa há alguns dias, assim que assumi meu novo emprego. Em termos gerais, a casa é boa, e os colegas, lá, são afáveis. No entanto, tudo isso não aliviou a ansiedade e o pânico que os latidos persistentes daquele cão despertaram em mim. De qualquer maneira, quando eu me levantar na manhã seguinte, a sensação será de satisfação pela limpeza da casa e, talvez, pelas cortinas já instaladas nas janelas. Posicionei minha mesa de vidro bem perto da janela maior, onde me sentarei todas as manhãs para tomar café antes de ir para o novo trabalho, e de onde observarei os vizinhos passando com seus três filhos e me cumprimentando. Isso dará a impressão de que eu tenho uma boa vida, com um quintal, longe das vistas, pois os limites impostos aqui entre as coisas são muitos, e é importante observá-los e se mover de acordo com eles, só assim o sujeito pode evitar dolorosas consequências, além de dar uma certa impressão de tranquilidade, apesar de tudo. Em todo caso, aqueles que realmente são capazes de se mover dentro dos limites, sem transgredi-los, são uma minoria, da qual com certeza eu não faço parte. Pois assim que vejo algum limite, me apresso para alcançá-lo, ou até ultrapassá-lo, nem que seja por um pequeno passo, sem ser notada. Nenhum desses dois comportamentos, no meu caso, é ato consciente, nem é um desejo manifesto de me rebelar contra os limites; é uma tolice, nada mais. Assim que transgrido qualquer limite, deslizo para um abismo de angústia. A questão, simplesmente, beira a imperícia. E desde que tive ciência da minha incapacidade consumada de me mover de acordo com os limites, resolvi, finalmente, permanecer dentro dos limites da minha casa, tanto quanto possível. Agora, uma vez que a casa tem muitas janelas, e, portanto, não custaria nada aos vizinhos e seus três filhos me verem transgredindo os limites, mesmo dentro da minha casa, instalei cortinas, muito embora soubesse que, algumas vezes, me esquecerei de fechá-las. No entanto, como estarei sempre sozinha em casa, ficarei sentada à minha mesa, e será apenas isso que o mundo exterior verá de mim, a ponto de, se eu deixar, por alguns dias, de fazê-lo, o filho do meio dos vizinhos me dizer que sente falta de me ver todo dia sentada à minha mesa "trabalhando". Pois é, será o pretexto usado por mim para com os outros, essas longas manhãs sentada, quando estou "trabalhando", e em que geralmente "trabalho" antes de ir ao novo trabalho, que para mim continuará novo até o final, pois não tenho ideia em que momento ele deixará de ser meu trabalho novo para ser apenas meu trabalho. Também vou ficar trabalhando lá até tarde da noite, até depois da capacidade do vigia da noite me acompanhar. E isso porque, de modo geral, vou chegar ao escritório e começar o trabalho mais tarde, pois o cão na colina do outro lado da rua me acorda no meio da noite e eu não consigo depois pegar no sono até o amanhecer. Assim, acordarei tarde e chegarei ao meu novo trabalho tarde. E quando nada disso acontecer, vou ficar em casa até as últimas horas da manhã, sentada na minha mesa, "trabalhando"; sim, mas em quê?

Em todo caso, estou ciente do exagero que há na minha exposição dos fatos, mas isso se deve ao motivo que acabei de mencionar: minha incapacidade de distinguir os limites, incluindo os lógicos, que existem entre as coisas, o que irremediavelmente me leva a exorbitar a avaliação de qualquer coisa, ou, pelo contrário, subestimá-la sempre em comparação com a maioria das pessoas. Por exemplo, quando uma patrulha militar para o ônibus que eu pego para ir ao meu novo trabalho, e, antes de o soldado entrar, quando só a ponta do rifle aparece pela porta, eu já lhe peço gaguejando, provavelmente por causa do medo, que a aponte para o outro lado quando estiver falando comigo ou pedindo que eu mostre minha carteira de identidade. Então, além de o soldado zombar da minha gagueira, os passageiros à minha volta começam a resmungar, porque estou exagerando, pois não é necessário criar esse tipo de tensão. Afinal, o soldado não vai atirar em nós, e mesmo se o fizer, minha intervenção desajeitada não mudaria o curso dos acontecimentos, ao contrário, poderia até complicá-lo. É claro que eu compreendo tudo isso, mas não quando acontece, apenas depois de algumas horas, alguns dias ou mesmo alguns anos. Isso é só um exemplo, no entanto é possível prever um comportamento semelhante em várias outras situações, a começar por quando tenho que tirar algumas das minhas roupas durante uma verificação de segurança em algum posto de controle, ou quando pergunto sobre o preço de uma alface estragada para um vendedor ambulante que se senta no centro do mercado de verduras em Ramallah, sempre fechado às sextas-feiras, e que pede três vezes mais que o preço normal de uma alface. Depois, como eu não tenho capacidade de avaliar racionalmente as coisas, o efeito dessas situações sobre mim é difícil, fico abalada, perturbada, a ponto de não distinguir o que é certo e o que é errado, o que por sua vez me leva a transgredir os limites de novo, num grau maior que antes. No entanto, toda a angústia, o medo e a perturbação resultantes disso se dissipam quando a transgressão ocorre dentro dos limites do meu isolamento. Quão compreensivo é o isolamento com a transgressão dos limites! Quero dizer, quando me sento sozinha na minha mesa para "trabalhar" sobre um assunto que tive a oportunidade de descobrir precisamente naquela manhã, e nada mais.

A propósito, espero sinceramente que não tenha causado nenhum constrangimento quando mencionei a história do soldado ou do posto de controle, ou quando falo, deixando bem claro, que aqui vivemos sob ocupação. Os tiros, os alarmes das patrulhas militares, e às vezes os helicópteros, os caças e os bombardeios, seguidos por sirenes de ambulância, não só antecipam os boletins de notícias urgentes, mas competem com o latido do cão como parte do som ambiente. E a situação é assim faz muito tempo; tanto que há poucas pessoas vivas que podem se lembrar dos pequenos detalhes da vida como era antes, tal como o detalhe da alface estragada, no mercado de verduras fechado. Por essa razão, é desnecessário dizer que o que me consumiu certa manhã, durante a leitura de um artigo de jornal, não foi precisamente o evento relatado em si. Casos como esse são normais, ou melhor, acontecem em contextos como o relatado. Além do mais, são tão corriqueiros que deixei de me importar. Por exemplo, aconteceu outra manhã, chuvosa, em que acordei muito tarde, o que impediu que eu me sentasse à mesa diante da janela grande para "trabalhar" e tive que sair imediatamente para o meu novo trabalho. Logo depois, quando desci do ônibus no ponto, um pouco antes da praça do Relógio, encontrei a rua vazia, de carros e de transeuntes, e notei que uma patrulha militar estava parada em frente ao supermercado Albandi. Talvez não fosse nada de mais, tomei a direção contrária rumo ao meu novo trabalho. Quando cheguei ao começo da rua que levava ao escritório, o único transeunte que avistei me fez perceber que toda a área estava sob restrição de circulação, e que o Exército cercava um dos edifícios próximos. Mesmo assim, não achei que a situação fosse tão extraordinária e continuei andando. Um pouco mais adiante, no meio da rua, avistei, na frente do edifício onde ficava meu escritório, dois soldados. Uma vez aprendida a lição — e já era hora — de que convinha conservar a calma e me mostrar inabalável em situações como essa, levantei a mão e fiz sinal para os dois soldados dizendo com voz clara e confiante que eu trabalhava naquele edifício onde eles estavam parados. Então um deles se abaixou, apoiou o joelho direito no chão e, com o cotovelo esquerdo sobre a outra perna, apontou sua arma para mim. Na mesma hora, dei um pulo na direção da palmeira-dum que estava à minha direita, para me proteger entre seus galhos espinhosos dos tiros que, em todo caso, não foram disparados. Mesmo que sua conduta, isto é, apontar a arma para mim, não fosse um gesto muito humano, era o suficiente para eu entender o que ele queria dizer com aquilo, e que agora eu deveria encontrar outra maneira de chegar ao meu novo trabalho — porque ainda não conseguia ver nada incomum que me faria dar a volta e ir para casa. Então, e sem grande esforço, consegui pular alguns muros e cercas que separavam prédios e casas e, na minha opinião, essa transgressão é justificada, ou não? Assim, cheguei à parte de trás do prédio onde trabalhava. E como não apareceram mais de três dos meus colegas naquela manhã, eu me dediquei às minhas tarefas com grande concentração, sem que ninguém me incomodasse, até que um dos três colegas viesse abrir a janela do meu escritório sem pedir minha permissão; quando protestei, ele respondeu que precisava fazer isso para evitar que o vidro se estilhaçasse, e me informou que o Exército havia notificado os moradores do bairro que iriam derrubar, com uma explosão, um dos edifícios próximos, onde três jovens estariam se refugiando. E foi exatamente o que aconteceu alguns minutos depois, e esse colega se esquecera de abrir uma única janela, cujo vidro se estilhaçou no instante de detonação. Contudo, o resultado do fato de minha janela ter sido aberta foi insuportável, pois a explosão, que sacudiu o escritório, provocou espessas nuvens de poeira, parte das quais pousou sobre minhas folhas e até sobre minha mão, que segurava uma caneta, e isso me fez interromper minhas tarefas. Eu não suporto poeira de jeito nenhum, especialmente com esse tipo de partículas cujo som provoca calafrios quando as folhas roçam umas nas outras ou quando se passa por ele ao escrever com a caneta. Só depois de ter removido a última partícula de poeira da minha mesa é que eu consegui voltar aos meus papéis. Aqui, neste ponto, poderia passar pela cabeça de alguém que esse meu afã pelo trabalho reflete um desejo de apego à vida, ou uma demonstração de amor por ela — apesar de a ocupação fazer de tudo para destruí-la —, ou a convicção de que ainda exista sobre a terra algo pelo qual valha a pena viver. Bom, eu não posso, particularmente, falar pelos outros, mas no meu caso tudo reside no fato de eu não ser capaz de avaliar nada de maneira equilibrada, ou decidir o que deve ou não ser feito. De qualquer modo, tudo que me resta, sem esperar consequências funestas, é me dedicar ao meu trabalho no escritório ou, em casa, me sentar à minha mesa de frente para a janela grande, como quando tive a oportunidade de ler o artigo, no qual o que mais me chamou a atenção foi o detalhe relacionado com a data do referido incidente, ocorrido numa certa manhã que coincidiria, passado um quarto de século, com a manhã do meu nascimento. Naturalmente, isso pode parecer puro narcisismo, o fato de que aquilo que mais me chamou a atenção para aquele evento tenha sido esse detalhe secundário, se comparado com todos os outros detalhes principais, que só podem ser descritos como trágicos. Bem, não é tão estranho para um ser humano se deixar levar pelo narcisismo. É uma tendência, talvez intuitiva, que nos leva a acreditar na particularidade do eu, e quão considerável é a vida que o conduz, tanto que só podemos amá-la, e a tudo que é relacionado a ela. Mas como não amo minha vida em particular, nem a vida em geral, e atualmente todos os meus esforços nesse âmbito se concentram em seguir vivendo, duvido que o diagnóstico de narcisismo se sustente nesse meu caso aqui, pois se trata de algo distinto, que tem uma relação maior com minha incapacidade de distinguir os limites entre as coisas e de julgar as questões de maneira lógica e racional, o que me leva muitas vezes a enxergar o cocô da mosca num quadro de pintura, e não o quadro em si. É evidente que, à primeira vista, cabe rir dessa atitude, que possa levar alguém, logo depois de um edifício ser detonado perto do lugar de trabalho desse alguém, a se incomodar só com a poeira levantada, e não com a morte dos três jovens que se refugiavam nele, por exemplo. Mas há quem veja nos detalhes menores, como a poeira na mesa do escritório ou o cocô na tela do quadro, o único caminho para se chegar à verdade, quando não a única prova conclusiva da sua existência. Há alguns especialistas em arte que atribuem a si mesmos uma atitude semelhante. É certo que eles não exigem exatamente que se note o cocô da mosca na tela, mas que se centre a atenção nos detalhes de menor importância, não nos mais importantes, com a finalidade, entre outras coisas, de comprovar se o quadro é autêntico ou se é uma falsificação. Isso porque — segundo esses especialistas — os falsificadores, quando forjam uma pintura, levam em conta os detalhes principais e mais importantes, como o formato do rosto do retratado ou a posição do seu corpo e, por consequência, conseguem imitá-los quase com perfeição. No entanto, é raro que eles prestem atenção aos pequenos detalhes, aos detalhes marginais, como a orelha ou as unhas dos dedos da mão ou do pé, e por isso no fim não conseguem uma falsificação perfeita. Há também aqueles que argumentam, com base na mesma ideia, que os seres humanos podem formar uma imagem de um evento que eles não testemunharam tendo acesso a vários detalhes secundários, que para alguns são irrelevantes, como atesta uma história antiga que conta sobre três irmãos que passaram por um homem que acabara de perder seu camelo. Os irmãos começam imediatamente a descrever para o homem o animal perdido: é um camelo branco, caolho, carrega dois odres no alforje, um cheio de azeite e outro, de vinho. Então eles o viram, o homem grita espantado. Não, eles não o viram, respondem. Mas o homem não acredita e os acusa de terem roubado o camelo dele. Todos então comparecem perante o tribunal, onde a inocência dos três irmãos é comprovada assim que revelam ao juiz que foram capazes de descobrir as características de um animal que nunca viram graças à observação de detalhes menores e simples, como as marcas díspares das suas patas na areia, algumas gotas de azeite e vinho derramadas devido à sua claudicância, e tufos de pelo caídos. Por outro lado, no incidente de que o artigo tratava, o fato de ter sido o detalhe que chamou minha atenção foi porque não havia nada fora do comum nos seus traços gerais, se comparados com o que acontece diariamente num lugar dominado pelo estrondo da ocupação e pelas contínuas matanças. A detonação do edifício é apenas uma amostra do que estou dizendo. Até o estupro. Embora isso não seja exclusivo das guerras, acontece também na vida diária. Assassinato ou estupro, e às vezes os dois juntos. Nunca tive interesse por qualquer um desses eventos. Mesmo nesse incidente que, de acordo com o artigo, acabou levando à morte várias pessoas, o detalhe do assassinato de um indivíduo em particular foi o que me assombrou. Embora, na realidade, o extraordinário — até certo ponto — nesse assassinato, que além disso foi o desfecho de um estupro coletivo, é ele coincidir, passado um quarto de século, exatamente com o dia do meu nascimento, nada mais. Portanto, não há como descartar a probabilidade de uma conexão entre os dois fatos, ou alguma ligação oculta entre eles, por analogia às relações que os seres humanos encontram entre as plantas, por exemplo, quando alguém arranca um punhado de ervas pela raiz acreditando que dessa forma se livraria dela para sempre, apenas para a mesma erva voltar a nascer no mesmo lugar vinte e cinco anos depois. Ao mesmo tempo, percebo que meu interesse pelo ocorrido, tendo por base um detalhe menor como a coincidência com meu aniversário, anuncia minha inevitável transgressão de limites. Por isso, desde que tive conhecimento da história, me esforço todo dia para convencer a mim mesma de que é preciso esquecê-la completamente, para não dar nenhum passo imprudente nessa direção. Pois a data pode não passar de uma mera casualidade, e além do mais, não há como incluir os eventos do passado, uma vez que o que ocorre no presente não é menos atroz. Mas, naquela madrugada, o latido do cão me acordou, seguido pelo alarido do vento furioso. Corri para fechar as janelas, e quando cheguei à janela grande, testemunhei através dela a crueldade do vento que agarrava arbustos e árvores, forçando-os a se inclinar para todas as direções, enquanto as folhas se torciam, às vezes para a frente, às vezes para trás, soltando-se dos ramos, sob o efeito brutal dos jogos do vento. As plantas simplesmente não resistem, apenas se rendem ao fato de que são frágeis e de que o vento pode lhes fazer o que quiser, invadi-las, brincar com elas e com suas folhas, abrir caminho entre seus ramos, trazendo com ele o latido colérico do cão e atirá-lo para todos os lados. De novo, um grupo de soldados aprisiona uma jovem, estupram-na e matam-na quando seria, um quarto de século depois, o dia do meu nascimento; esse detalhe menor do qual os outros desdenham vai me acompanhar para sempre, apesar de mim e por mais que eu queira me esquecer dele. Quero dizer, sua verdade não vai parar de me afetar, por causa da minha fragilidade, semelhante à das árvores que vejo pela janela diante de mim. De fato, talvez não haja nada mais importante do que esse pequeno detalhe como via de acesso à verdade completa, que aquele artigo não traz, por ter omitido a história da jovem.

O latido do cão permaneceu ecoando até as primeiras horas da manhã; por vezes o vento o trazia para perto, por vezes o levava para mais longe, até que chegou a hora de sair para o meu novo trabalho, mas antes, fazendo o papel de autoconfiante, ligo para o autor do artigo, um jornalista israelense. Tentando não gaguejar muito, apresento-me como uma pesquisadora palestina e esclareço o motivo do meu contato. Nenhuma das coisas o entusiasma. Pergunto se ele poderia me entregar os documentos que tinha sobre o ocorrido, ele responde que tudo que tem já está no artigo, retruco que, mesmo assim, gostaria de dar uma olhada neles, e ele me responde que, se eu quiser fazer mesmo isso, devia ir atrás deles pessoalmente. Onde?, eu pergunto. Nos museus e nos arquivos do Exército israelense e dos movimentos sionistas daquela época, e, em particular, aqueles relacionados com a região do acontecimento. Onde é que eles ficam? Ele me responde, com um tom que indica que sua paciência está se esgotando, que os escritórios estão em Tel Aviv e no noroeste do Neguev. Pergunto ainda se posso, sendo palestina, entrar nesses museus e arquivos, e ele me responde, antes de desligar, que não consegue ver nenhum motivo que me impeça. Eu também não vejo motivo nenhum que me impeça, exceto minha carteira de identidade. Tanto o local do incidente como os museus e os arquivos que contêm os documentos que podem me interessar, conforme a divisão do país feita pelo Exército, se localizam fora da zona C, e até mesmo para além dela, mais próximas da fronteira com o Egito, sendo que a única viagem que minha carteira verde, na qual consta que pertenço à zona A, me permite fazer, é da minha casa para o meu novo emprego. Embora, legalmente, todos os indivíduos possam ir da zona A para a zona B, enquanto não haja razões políticas ou militares excepcionais para impedi-los. Mas essas razões excepcionais são tão frequentes que se tornaram regra; muitos dos habitantes da zona A nem sequer pensam em se aproximar da B. Eu mesma, ao longo dos últimos anos, nunca cheguei à barreira de Qalândia, que marca a fronteira entre as zonas A e B. Como, então, vou pensar em ir a um lugar tão longe que está quase na zona D? Se mesmo os da B não conseguem, e talvez não seja possível nem para aqueles da C, inclusive moradores de Jerusalém, pois, no momento em que qualquer um deles proferir uma palavra em árabe fora dos limites da área na qual vive, sua existência se torna uma séria ameaça à segurança. Mas, é claro, é permitido para os da zona B estarem na zona A, e há muitos até que residem ali, mesmo que a área tenha se tornado quase uma prisão. No meu novo emprego, por exemplo, junto com aqueles que são da zona A, como eu, há muitos colegas dessas outras áreas, e eles são, a propósito, muito afáveis. Eu disse a uma colega que é da zona C, de Jerusalém, que precisava ir para a sua região, ou talvez um pouco mais longe, para resolver um assunto pessoal; afinal, não é tão incomum os habitantes da zona A precisarem ir para a C por razões pessoais, assim como as pessoas da C, por sua vez, para a A, por razões igualmente pessoais. Minha colega, então, se ofereceu para me emprestar sua carteira de identidade azul, porque, no fim, somos todos irmãos e irmãs e nos parecemos uns com os outros, pelo menos aos olhos dos soldados nos postos de controle. Além disso, para começo de conversa, já não são muito rigorosos com as mulheres em geral, e não vão perceber a diferença que existe entre mim e a foto na carteira dela. Eles às vezes nem mesmo olham para a pessoa parada na barreira, pelo profundo desprezo que sentem; junte-se a isso o fato de que em geral nosso aspecto nas fotografias dos documentos, tiradas lá pelos dezesseis anos de idade, é bem diferente da nossa aparência muitos anos depois. É isso, não vou ter problemas usando a carteira dela, faço o que tenho que fazer e a devolvo quando voltarmos ao trabalho, no início da próxima semana. Pressa, não há nenhuma. Ela vai passar o fim de semana em Ramallah com alguns amigos. Se eu for pega, direi, é claro, que roubei a carteira da bolsa dela, para não envolvê-la. De qualquer modo, tenho que ser cautelosa e evitar imprudências. Farei tudo o que estiver ao meu alcance. Então, como o planejado, na tarde do último dia útil da semana eu procuro aquela colega e peço sua carteira de identidade e vou a uma agência para alugar um carro com chapa amarela, pois não se pode ir além da zona C sem um desses. No entanto, na hora de assinar o contrato, descubro que preciso de um cartão de crédito, que não tenho. E já que não quero abusar da bondade da minha colega, ligo para outro colega do meu novo trabalho e peço ajuda. Ele vem imediatamente e aluga o carro usando seu cartão de crédito, depois de me incluir no contrato como motorista adicional, seguindo o conselho do próprio funcionário da agência, que me entrega as chaves. Realmente, meus colegas são muito legais. Agora não consigo pensar em nenhuma razão que me impeça de enfrentar minha missão de chegar à verdade profunda daquele evento. Porém, assim que eu me sento ao volante do pequeno carro branco que acabei de alugar, e depois de dar a partida, algo como uma aranha começa a tecer em torno de mim seus fios, que vão ficando pouco a pouco mais fortes, a ponto de se tornarem uma espécie de barreira impossível de ser atravessada, exatamente pela exagerada fragilidade que ela apresenta. É a barreira do medo, que começa com o medo da barreira. Há muito tempo ouvi dizer que passar pela barreira de Qalândia, num dia como hoje, sábado, é enfrentar as piores circunstâncias, porque, sem contar que todos os habitantes de Jerusalém vêm a Ramallah para comprar legumes frescos no mercado central ou para outra necessidade qualquer, os soldados estariam com uma disposição vingativa contra quem atravessa, afinal, por sua causa, estariam trabalhando no sábado, no dia em que o próprio Senhor descansou. De qualquer maneira, os museus e arquivos israelenses estariam fechados, precisamente pelo mesmo motivo, o que significa que não posso começar imediatamente minha investigação, pelo menos não hoje. Então dirijo meu pequeno carro branco de volta para casa, onde terei a oportunidade de repensar minha determinação, e quem sabe até de desistir de vez de me guiar por ideias imprudentes, cujas consequências seriam, sem dúvida, dolorosas, e também tirar da minha cabeça que sou capaz de descobrir os detalhes do estupro e do assassinato da jovem, e não apenas depender do que foi narrado pelos soldados que o cometeram, como fez o autor do artigo. É uma tarefa que excede por completo os limites da minha capacidade. E o fato de que a menina foi morta no dia que seria o do meu nascimento, um quarto de século depois, de forma alguma significa que sua morte tenha algo a ver comigo, e que se alastre para mim a ponto de eu me sentir obrigada a apurar sua história. Além do mais, se há alguém que não pode fazer isso sou eu, com minhas gagueiras e atordoamentos. Em suma, não adianta eu me sentir responsável por ela; a menina não era ninguém e continuará assim, sem que ninguém ouça sua voz. E terá de ser dito mais uma vez: há tanto sofrimento insuportável, hoje em dia, para se enfrentar, portanto não haveria necessidade de se esforçar, buscando mais no passado. Tenho que esquecer completamente o assunto. Contudo, logo que a escuridão se espalha pelos cantos da casa, sou assaltada de novo pelos latidos do cão, que não me deixam pregar o olho até a alvorada, quando finalmente consigo adormecer, para acordar atrasada. Tomo meu café às pressas e pego todos os mapas que tenho em casa. No final do pátio, encontro o pequeno carro branco esperando por mim, com as janelas dianteiras cobertas totalmente pelos raios do sol, e, ao abrir a porta e entrar, sou recebida por um calor agradável, como não sentia há muito tempo, e que começa a confortar minha alma assustada e inquieta. Ligo o carro e me dirijo ao portão de entrada, onde paro à espera do momento certo para acessar a estrada, enquanto o som do pisca-alerta da direita intercala-se entre as batidas agitadas do meu coração. À direita, então. Há anos que não viro à direita, mesmo a pé, por isso começo a perceber alguns marcos, em ambos os lados da estrada, que continuam como estavam da última vez que passei por aqui, como o moinho de trigo em Kafr Aqab, e, do outro lado, o açougue de Abu-'Ícha, em Semíramis, e em seguida, a fileira de ciprestes empoeirados escondendo o edifício do Instituto Qalândia para Formação Profissional, e, do outro lado, a entrada para o acampamento; outras coisas, no entanto, estão mudadas, o que enfim torna a paisagem incomum. As lombadas e os buracos aumentaram muito, e eu os evito tanto quanto possível, exatamente como fazem os carros à minha frente e os que vêm atrás de mim, até que, passando pela entrada do acampamento Qalândia, entro no fim de uma fila de veículos parados esperando para passar pela barreira. Minha reação imediata é levantar os olhos para o espelho retrovisor, tentando vencer o medo que me invade pela simples vista de um posto de controle, quando descubro que não sou mais a última da fila. Há pelo menos sete veículos atrás de mim, o que me impede de mudar de ideia. Respiro lenta e profundamente e viro meu olhar para a esquerda, onde vejo uma loja que vende pneus.

À minha direita está um grande depósito de lixo. O aterro é novo, assim como o Muro, que se eleva atrás dele; antigamente, costumava haver uma cerca de arame farpado, através do qual se podia ver a pista do aeroporto de Qalândia, que se estendia até o horizonte. Agora é o Muro que se estende até o horizonte, adornado por muitos desenhos e várias mensagens: citações das Leis de Hamurabi, o número de telefone de um vendedor de botijões de gás e os desenhos de Banksy. É a primeira vez que vejo seus trabalhos assim de perto. Eu os conhecia de fotografias em jornais e revistas, às vezes com grandes personalidades posando na frente deles. Enquanto a fila só avança alguns metros, consigo estudar todas as mensagens e as pinturas que cobrem o Muro por inteiro, sem deixar sequer uma pequena área sem cor; isso, além de tentar me livrar das inúmeras crianças que se aproximam para me vender objetos de que não preciso. A última é essa menina que vende chiclete; tem o cabelo em desalinho, o rosto moreno e ranho saindo do nariz. Abro minha bolsa, puxo um lenço e entrego a ela, pedindo que limpe o nariz, ela o pega e desaparece do meu campo de visão. Então, antes que o medo aproveite a oportunidade de ficar a sós comigo, novas crianças aparecem e tentam me vender lenços de papel, desta vez. Ignoro-as olhando a paisagem à minha direita, especificamente o novo aterro, com sua mistura de cores infinitas. Tenho certeza de que não há nenhuma maneira de extrair qualquer coisa que possa ser reciclada por debaixo desse lixo. Na verdade, trata-se do sumo dos resíduos, uma vez que muitas das latas de alimentos estariam agora descansando nas beiradas das varandas, ou nas escadas das casas, com diferentes plantas crescendo nelas, ou sobre um fogo qualquer com água fervendo, enquanto garrafas de suco ou de refrigerante estariam alinhadas nas prateleiras das geladeiras, cheias da água fria necessária para saciar a sede nesse ambiente tórrido. As sobras de comida, no fim do dia, serão oferecidas às galinhas e aos outros bichos, depois aos cachorros que as vigiam, e enfim aos gatos, que acabam totalmente com o que resta. No que se refere aos jornais, depois de cumprirem uma função secundária, cobrindo mesas ou protegendo assoalhos dos alimentos que possam cair sobre eles, serão consumidos, mais cedo ou mais tarde, pelos fornos à lenha junto com as caixas de papelão que não são usadas para armazenar batatas, cebolas e alho nas despensas, bem como garrafas de azeite e vidros de azeitona, entre outros produtos. Há também os sacos plásticos, que continuarão a cumprir sua função de conter todo tipo de objeto, e, no final, as sobras dos resíduos que vão acabar chegando aqui. A menina volta, depois da passagem de apenas dois veículos, e me arranca da minha contemplação do aterro; e lá está ela expulsando os garotos que rodearam o carro durante sua ausência, e retoma, agora com o nariz limpo, sua tarefa de antes e que consistia em implorar que eu comprasse uma caixinha de chiclete. Olho para o rosto dela e, em seguida, para o seu corpo magro, e percebo que, do pequeno bolso das suas calças, surge a ponta do lenço que eu lhe dei. Parece que ela vai reaproveitá-lo, até o último milímetro limpo. Olho para o rosto dela e repito o que disse antes, que não gosto de mascar chicletes. Mas ela, como se eu não tivesse dito nada, continua implorando que eu compre uma caixinha. Depois de um tempo, eu lhe digo que sou mais teimosa do que ela e que não vou comprar seu chiclete, não importa o quanto tente, mas minhas palavras parecem não surtir nenhum efeito, porque ela continua a implorar, enquanto passeia seu olhar pela minha bolsa, minha roupa e, em seguida, pelo conteúdo do carro. Eu lhe digo então que seu lugar é na escola, não na barreira vendendo chiclete. E pela primeira vez noto que ela não é surda nem limitada, porque me responde que agora são as férias de verão. É verdade, eu tinha me esquecido. Ela volta a implorar que eu compre o chiclete. Pergunto-lhe sobre suas notas na escola. Ela responde com entusiasmo que são boas, e imediatamente insiste que eu compre o chiclete. Pergunto-lhe o que ela faz com o dinheiro que ganha da venda do chiclete, se ela entrega, por exemplo, aos pais, responde que não, que fica para ela. Pergunto-lhe em que vai gastar. Responde-me que vai comprar algumas coisas para ela mesma no Eid e volta a me pedir para comprar chiclete. Eu procuro minha carteira, dentro da bolsa, pego algumas moedas e entrego à menina, dizendo que não quero nenhum chiclete. Ela pega o dinheiro, joga duas caixinhas no banco do passageiro, ao lado da minha bolsa, e sai correndo. Só então percebo que estou tão perto do posto de controle ao lado da barreira que já consigo ver o soldado examinando os documentos de um passageiro, e de repente sinto um aperto no coração e meu corpo adormece, permitindo que a aranha do medo tome conta dele, paralisando-o aos poucos. Meus olhos giram pelo lugar, queria tanto que a menina voltasse, quem sabe sua companhia não aliviasse esse pavor que toma conta de mim, mas ela desapareceu. Então fixo o olhar na fila das pessoas no posto de controle que estão esperando para atravessar a pé. Sigo-as com o olhar, uma a uma, enquanto passam entre as barras estreitas do portão de metal, ao mesmo tempo que tento respirar profunda e vagorosamente. Aquelas pessoas têm tanta sorte que podem passar a barreira e até formar uma fila e esperar; elas têm o direito de se mover entre várias zonas como bem desejarem, sem ter que pedir a carteira de uma colega gentil no seu novo trabalho. Em seguida, eu bocejo. Estou totalmente exausta; mal dormi esta noite, além do fato de que estou cansada das minhas condutas inconsequentes e das situações de medo e angústia em que me enfio. Se eu tiver sorte e não for descoberta — o que, se acontecer, me causará uma série de desgraças de proporções inimagináveis —, vou voltar para casa imediatamente, logo depois de fazer minha investigação, pois só dessa forma serei capaz de pôr fim a essa ansiedade. Prometo isso a mim mesma, bocejo de novo, e no meio do meu bocejo o soldado se aproxima de mim. Vejo minha mão entregando a ele uma carteira azul. As duas caixas de chiclete ainda estão lá, no banco do passageiro. A marca é Must, produzida pela fábrica Sinokrot, em Alkhalíl. Olho para a frente, mas não vejo nada. O soldado bate no teto do carro como se quisesse me acordar. Eu desperto. Ele me devolve a carteira e me ordena a seguir. Eu sigo. Em frente, mais e mais, porque se eu voltar agora, o soldado e, com ele, todas as forças de segurança estacionadas na barreira notarão. Mas o caminho, logo depois da barreira, está fechado pelo Muro, e a estrada para a esquerda também. A única opção possível é virar à direita, onde há uma estrada aberta e que se estende até o horizonte, que nunca peguei; e não sei se deveria pegá-la agora, mas deixei o carro me levar até lá. Em paralelo, à direita, estende-se a pista do aeroporto de Qalândia, e, à esquerda, um terreno improdutivo, em que aparecem, de vez em quando, caminhos estreitos dos quais não me arrisco a pegar nenhum, fato do qual me arrependo, pois logo outra barreira aparece diante de mim. Droga! Assim o medo volta a esmagar meu coração, e sinto uma vontade enorme de dormir, e, quando me aproximo da barreira, desacelerando, bocejo com tanta força que minha boca se abre ao máximo, e me apresso para cobri-la imediatamente com a mão aberta, e naquele momento o soldado faz um gesto de saudação e gesticula para eu continuar seguindo sem parar, e assim, chego a uma encruzilhada onde há várias placas em hebraico, árabe e inglês; entre elas, uma que indica, à esquerda, a direção para "Jerusalem (Alquds)", e outra, à direita, com a indicação, "Tel Aviv-Yafo". Viro para a direita e paro o carro no acostamento cerca de dez metros depois para poder recuperar o fôlego. Meu corpo treme. Tento me acalmar, mas não consigo, pois o medo se estabeleceu em todos os meus membros, que parecem se tornar tão leves a ponto de desmanchar. Como sou patética! Nem sei onde estou, e sei que não devo ficar aqui por muito tempo se não quiser levantar suspeitas. Pego apressada tudo que trouxe de mapas, abro-os sobre o banco do passageiro e sobre o volante também. Alguns deles são publicados pelos centros de pesquisa e estudos políticos, e mostram os limites das quatro zonas, a direção do Muro e a evolução dos assentamentos na Cisjordânia e em Gaza. Outro mapa mostra como era a Palestina antes de 1948, e ainda um outro, que me foi dado na locadora de carros, publicado pelo Ministério do Turismo de Israel, mostra as ruas e a urbanização de acordo com o governo israelense. Com os dedos trêmulos, tento localizar minha posição atual no último mapa. Não fui muito longe.

No entanto, não há como voltar agora.

Respiro fundo. Sim, não há mais como voltar, depois de ter ultrapassado todos os limites militares, geográficos, físicos, psicológicos e mentais. Volto ao mapa israelense para encontrar o primeiro lugar pretendido. É um ponto preto, de dimensão média, acima do qual está a palavra "Jaffa", escrita em inglês, com letras pequenas, porém grossas. Ali se localizam alguns dos museus militares e o Arquivo Central do Exército, onde eu posso encontrar informações iniciais sobre o incidente, conforme me disse o autor do artigo. Tento determinar a melhor maneira de chegar lá, usando os diferentes mapas que trouxe comigo. E, embora em princípio a distância menor entre dois pontos seja uma linha reta, o fato é que não posso seguir esse curso, não porque a pista não seja reta, mas porque, de acordo com alguns mapas, há pelo menos duas barreiras no caminho mais curto que pode me levar a Jafa. Caso isso não seja suficiente, o fato é que mesmo os mapas que estão comigo, ou qualquer outro, não poderiam precisar onde estão as barreiras móveis nem atualizar em que ponto já está a construção do Muro, que continua motivando o fechamento de muitas estradas. Além do mais, há anos não ouço ninguém mencionar esse caminho mais curto, nem sequer comentar que tivesse testemunhado um acidente, por exemplo, ou comprado uma caixa de verduras de um dos vendedores que em geral se sentam na beira das estradas. Não terem mencionado algo assim em conversas não deve ser coincidência, mas provavelmente significa que ninguém mais consegue usar esse caminho. Portanto, se eu quiser levar adiante o que me propus a fazer, cercada pelo menor número de perigos, é melhor seguir a estrada mais longa, porém expressa, que os israelenses pegam quando vão à região costeira. Ligo o motor e avanço na mesma estrada, devagar, com calma e muito cuidado. Poucos metros depois, à direita, vejo o desvio que antes levava a Ramallah passando pelo vilarejo de Beitunia; é um caminho que peguei dezenas de vezes, indo a Jafa ou Gaza, mas agora está interditado. Sim, já foi fechado também. No final, mais à direita, há placas de concreto, de cerca de oito metros de altura, muito semelhantes às usadas para construir o Muro, iguais às que eu já tinha visto na barreira de Qalândia. Aqui, no entanto, elas formam uma espécie de fortaleza. "Prisão Ofer", indica a placa na beira da estrada. Já ouvi falar muito dessa prisão ao longo dos últimos anos, mas é a primeira vez que a vejo, por ser recente. Foi construída em 2002, durante a nova onda de repressão aos protestos na primavera daquele ano, quando o Exército reuniu todos os maiores de dezesseis anos e os menores de cinquenta nas praças e, em seguida, os trouxe para cá. Um dos meus colegas no trabalho novo foi um desses detentos; um homem muito bom, originalmente de Rafah, e que certa vez nos contou do cheiro de piche recém-derramado que ele sentia enquanto dormia no chão de asfalto durante os meses da sua detenção. Atrás da prisão, há uma base militar ocultada por uma fileira de ciprestes, através de cujos troncos e galhos empoeirados podem ser vistos tanques e outros veículos militares estacionados dentro de enormes galpões. Na rotatória, faço a volta e sigo no sentido de Jerusalém, pela rodovia 443; mais à frente tenho que pegar a rodovia 50 à direita, e em seguida a 1, de novo à direita, no sentido de Jafa. Continuo dirigindo com cautela, ao longo da 443, até que, um pouco mais adiante, avisto outra barreira; meus batimentos cardíacos voltam a ecoar na minha cabeça, enquanto diante dos meus olhos dançam o que parecem ser fios de uma teia de aranha rasgada. Estou cada vez mais perto da barreira. Tenho que passar por ela. Os soldados não devem querer parar ninguém, incluindo a mim, imagino. Tenho que diminuir bastante a velocidade. Tenho que confiar que vou passar. E passo! Mas, depois da barreira, minha confiança desaparece, porque não sei onde estou de novo! Eu não sei se alguma vez na vida já havia passado nesta estrada, como pensei de início. É que o que era familiar para mim até alguns anos atrás era uma estrada estreita e sinuosa, mas esta é muita larga e reta. Além disso, há, em ambos os lados, paredes de cinco metros de altura, seguidas por muitos edifícios agrupados em assentamentos que não existiam antes ou eram quase invisíveis; em contraste, as aldeias palestinas que ali estavam desapareceram em grande parte. Levanto a cabeça com os olhos bem abertos tentando ver algum vestígio dessas aldeias, cujas casas eram espontaneamente espalhadas feito rochas sobre essas colinas, e entre as quais corriam ruelas estreitas que se bifurcavam em múltiplos desvios; mas em vão. Não é mais possível distinguir nada disso. E quanto mais eu avanço, menos sei onde estou. Até que vejo, à minha esquerda, outra estrada secundária interditada, o que é suficiente para eu ter certeza de já ter pegado essa estrada dezenas de vezes antes. Porque essa estrada secundária, atualmente fechada por um monte de areia e vários blocos de cimento, leva às aldeias de Aljib. Paro o carro no início da bifurcação, saio e me aproximo da areia e dos blocos, certifico-me da sua real existência e de que não há nenhuma maneira de movê-los; não é possível para o meu carro, ou qualquer outro, passar. Essa estrada é bonita, com suas curvas sinuosas, desvios à direta ou à esquerda, cruzando colinas salpicadas por oliveiras e pequenas aldeias rodeadas pela quietude, até chegar a Beit Iksa. Volto para o carro, abro o mapa publicado pelo governo israelense e estudo de novo a rota que os israelenses costumam seguir quando vão para a costa. Então, depois de descer para o fundo do vale pela rodovia 50, é preciso pegar a rodovia 1, virar à direita e continuar em linha reta por um longo trecho, sem desviar nem pela direita nem pela esquerda. Verifico com atenção a área pela qual corre a 1, e que me parece, de acordo com o mapa, povoada basicamente por colonos. As duas únicas aldeias palestinas mencionadas nessa área são Abu-Ghoch e Ein-Rafa. Volto a olhar o mapa que retrata a Palestina antes de 1948, passando os olhos pelas muitas cidades palestinas que foram devastadas depois do desterro forçado dos seus habitantes, naquele mesmo ano. Reconheço algumas; entre elas, estão as cidades de vários colegas e conhecidos, como Lifta, Alqástal, Ein-Kárim, Almáliha, Aljura, Abu-Chucha, Sarís, 'Innaba, Jamzu e Deir--Taríf. Mas a maioria dos nomes é desconhecida para mim, o que me faz sentir um estranhamento. Khirbet-l-'umur, Bir Ma'ín, Alborj, Khirbet-l-bueira, Beit-Channa, Silbit, Alqbab, Alknaise, Kharruba, Khirbet-Zakariya, Albarriya, Deir-Abu--Salama, Anna'ani, Jindás, Alehdetha, Abu-l-fadl, Kasla e muitas outras. Olho para o mapa israelense de novo. Um grande parque, com o nome "Canadá", cobre toda a extensão em que se localizavam essas cidades e aldeias. Fecho o mapa, ligo o motor do carro e sigo minha jornada ao longo da rodovia 50, sem enfrentar nenhum obstáculo dessa vez, e assim até chegar à via expressa. Depois de um bom tempo, começo a descer as montanhas de Jerusalém em direção à travessia de Ben-Chimin, conforme a indicação dos mapas; seu nome original é Beit--Susín, cidade que aparece no mapa de 1948 e que não existe mais. Dela só resta uma única casa, que não foi destruída; consigo vê-la à minha esquerda cercada por ciprestes, com grama crescendo por entre suas pedras.

O carro continua a atravessar a paisagem em alta velocidade, ao longo de uma estrada quase completamente reta. Mas eu sigo olhando para o mapa israelense, que deixei aberto no assento ao lado, temendo me perder nesse cenário que me dá a sensação de estranhamento depois de uma ausência tão longa, com todas as mudanças que sofreu e a insistente confirmação de que nele não resta nada de palestino. Nem nos nomes das cidades e vilarejos que aparecem escritos nas placas; nem nos outdoors de comerciais, onde todas as mensagens estão em hebraico; nem nos edifícios recém-construídos; nem mesmo nas extensões de terras agrícolas, beirando o horizonte, tanto à minha direita como à minha esquerda. No entanto, depois de ter sumido, a mosca volta a voar sobre o quadro, e pequenos detalhes começam a surgir ao longo do caminho, insinuando sem estardalhaço sua existência. Roupas penduradas atrás de um posto de gasolina, um motorista de um veículo lento que eu ultrapasso, uma palmeira-dum, solitária no meio dos campos, além de uma antiga acácia, e, um pouco mais adiante, alguns pastores com seus animais sobre uma colina distante. Dou uma olhadela no mapa israelense, para ter certeza de que devo tomar a saída do kibutz Galuyot à direita, que começa a ser indicada por várias placas grandes, enquanto novos edifícios imponentes despontam no horizonte. De lá, eu viro à esquerda, na rua Sálama, por onde continuarei no sentido da cidade de Jafa, ou "Yafo", de acordo com as placas em hebraico, e assim até a linha azul do horizonte ficar evidente. O mar! Lá está ele, de verdade, depois de anos longe, sua cor azul-clara acabou se transformando numa faixa paralela no mapa, nada mais que isso. E agora é o mar, não as placas, que me guia para a cidade; sem poder resistir a não olhar de vez em quando para o seu azul trêmulo, continuo avançando pela rua deprimente ladeada por oficinas de conserto de carros, e, por pouco, não provoco um acidente. É que durante uma das espiadas para a superfície do mar, que brilhava sob o sol do meio-dia, de repente atentei, embora tarde, que passei o sinal vermelho num cruzamento de duas ruas, de três pistas cada; todos os carros pararam e me deixaram passar. Droga! Mas o que foi que eu fiz? Depois de sair do cruzamento, paro o carro no acostamento para poder recuperar o fôlego, a sensação de formigamento está em todos os meus membros. Como sou desajeitada! Esse limite, em particular, eu não posso transgredir. Não consigo me acalmar. Mas tenho que me mover imediatamente, porque meu carro continua atrapalhando o tráfego. Volto, então, a dirigi-lo, com mãos leves, trêmulas, enquanto os pés mal conseguem pisar nos pedais do acelerador, do câmbio e dos freios; e vou para o fim da rua, onde viro à esquerda, e ando apenas poucos metros em direção à primeira parada na minha pesquisa: o Museu de História do Exército Israelense. Quando chego, vejo que o estacionamento está quase vazio, o que me acalma um pouco, mas também atrapalha minha decisão de onde estacionar. Bem, não sei se seria melhor parar o carro na sombra, ou o mais próximo possível da entrada, ou em um lugar seguro e bem à vista, para evitar que ele seja roubado, ou onde ninguém mais iria querer deixar seu carro estacionado, reduzindo assim o risco de ser arranhado. Quando consigo estacionar, depois de um tempo de hesitação, enfio todos os mapas e a camisa, que havia tirado por causa do calor, na minha bolsa, e também as duas caixinhas de chiclete que ainda estavam no banco do passageiro, mas antes abro uma delas, pego duas gomas e as enfio na boca, assim pelo menos absorvo seu açúcar: afinal, tirando o café, não bebi ou comi mais nada desde a manhã.

    Deixo o carro e caminho em direção à entrada do museu, com muita cautela; sigo para a recepção e vou diretamente ao balcão de ingressos, atrás do qual noto um soldado, de pé. Ele olha para mim sorrindo. Estou caminhando na sua direção. Não me pede o documento da minha gentil colega, que permanece dentro da bolsa. Entrego-lhe o dinheiro do bilhete. Ele o pega, me dá o ingresso e depois me avisa que é preciso deixar minha bolsa no guarda-volumes, e nada mais. O fato de estar em traje militar deve fazer parte da exposição. Pego minha carteira, uma caderneta e uma caneta, já que tirar fotos lá dentro é proibido, como ele também me informou. Mas não importa, pois não tenho câmera comigo. Deixo a recepção e entro no pátio do museu, pelo qual é preciso passar para que se chegue às dezesseis salas, como é especificado no folheto que o soldado me entregou junto com o ingresso. Assim que eu acesso o pátio, sou recebida por uma intensa luz branca, refletida pelos seixos brancos que cobrem o chão e produzem, conforme caminho, um som estridente que incomoda. A verdade é que não suporto pedregulhos, como também não suporto poeira. Mesmo assim, continuo meu giro, visitando o lugar, porém com cuidado, tentando evitar que o ruído das pedrinhas fique mais alto, enquanto a sombra dos tanques antigos dispostos sobre os seixos começa a atingir meus olhos semicerrados. Mas então percebo que o folheto indica que esta é a décima sexta e última parada, de acordo com a ordenação do museu, e que seria mais adequado visitar as salas interiores primeiro. Fico aflita porque minha visita não está na mesma ordem proposta pelo museu, o que poderia estragar toda a experiência e, por isso, decido ir sem demora à primeira sala da exposição. E no instante em que ponho meus pés na entrada, deixando para trás o calor sufocante e pegajoso que pesava no pátio, sinto calafrios por todo o corpo devido ao ar frio do ar-condicionado que vem na minha direção. Apresso-me para cobrir meus braços com as mãos, que levam a caderneta, a caneta e a carteira, para tentar aquecê-los, porque deixei minha camisa de mangas compridas dentro da bolsa no guarda-volumes. Não consigo me aquecer, o tremor volta a abusar do meu corpo enquanto caminho pela sala completamente vazia, exceto por um soldado de guarda no local. Esforço-me para conter os tremores, para não despertar suas suspeitas, e continuo a me mover lentamente entre os objetos expostos. Entre eles, vejo um mapa da região sul, junto com alguns telegramas trocados entre soldados que ficaram estacionados naquela área no final da década de 40, em cujo conteúdo predominam expressões de encorajamento e heroísmo. Mas o tremor não cessa. Respiro fundo, viro na direção do soldado e noto que ele me olha fixo. Sigo o percurso, devagar, afastando-me para entrar na segunda sala, onde a tremedeira começa a desaparecer diante de uma coleção de fotografias e filmes de propaganda, alguns dos quais produzidos pela vanguarda do cinema sionista, nas décadas de 30 e 40, de acordo com os dados que os acompanham. Os filmes mostram a vida dos imigrantes judeus europeus na Palestina, e em especial sua dedicação ao trabalho agrícola e à atividade cooperativa nos assentamentos. Um dos filmes em particular me chama a atenção. O enquadramento inicial mostra uma superfície desértica, na qual irrompem de repente alguns colonos com seus trajes curtos, e eles começam a construir uma torre e várias cabanas de madeira; o filme termina com todas as cabanas concluídas e os colonos reunidos, dançando, com as mãos entrelaçadas. Tento ver o filme de novo, por isso começo a rebobiná-lo até o início, assim os colonos desfazem a roda de dança, voltam para as cabanas que acabaram de construir, desmontam-nas e carregam o material em carrinhos; e, no final, saem do quadro. Volto a adiantar a fita e em seguida a retrocedê-la, ora construo assentamentos, ora os desfaço; até me lembrar de que não estou aqui para perder tempo, porque ainda tenho que visitar várias outras salas e explorar o que está exposto nelas, e, quando terminar, ainda tenho uma longa viagem pela frente. Então continuo a turnê sem grandes novidades até chegar à sexta sala, onde permaneço mais tempo que nas anteriores, pois o material exibido inclui roupas e diferentes equipamentos militares, vestidos e carregados por soldados de cera. De acordo com os dados fornecidos, quase todos esses objetos foram utilizados durante a década de 40. Noto que o uniforme da época difere do adotado pelo Exército atualmente, que é verde-escuro, cor de oliva, enquanto o antigo era cinza e podia ser usado com calções ou calças longas, tendo um cinto de tecido largo equipado com um coldre de couro, onde ficava a arma, além de pequenos bolsos para as balas e um gancho para pendurar o cantil. Entre esses cintos, havia os projetados para serem usados na cintura e outros, no peito. Os soldados de cera carregavam nas costas mochilas de pano, e na cabeça levavam bonés pequenos ou grandes. As botas se parecem muito com a que os militares usam ainda hoje. Um pouco mais adiante, no centro da sala, há urnas de vidro, de tamanho considerável, dentro das quais são expostos diferentes equipamentos, recipientes para alimentos usados na época, entre eles pequenas caixas de metal, retangulares, às quais são presos, por uma corrente, uma colher, um garfo e uma faca, junto com outros utensílios, como aparelhos de barbear, sabão, e assim por diante. Ao lado de tudo isso, há miniaturas que representam as barracas que abrigavam os soldados, ou aquelas que eram usadas como refeitório ou, ainda, para reuniões de oficiais. De lá, então, passo para as outras salas, que não contêm objetos de grande interesse, até chegar ao número 13, onde conheço todas as armas leves que estavam em uso até a década de 50. Sozinha, eu me movimento apreensiva entre elas. Observo suas várias formas e tamanhos, bem como o calibre das balas exibidas ao lado de cada uma, dentro das caixas de vidro, e leio com atenção as explicações, antes de parar na frente de uma submetralhadora Tommy. De acordo com a descrição que a acompanha, essa arma é uma espécie de submetralhadora de origem americana, fabricada por John T. Thompson em 1919, daí o nome "Tommy". Seu uso foi comum durante a Segunda Guerra Mundial pelos Aliados, em especial pelos suboficiais e pelos chefes de patrulha, e, mais tarde, durante a Guerra de 1948 e posteriormente na Guerra da Coreia e do Vietnã e em muitas outras. É uma arma, como destaca a descrição, capaz de atingir alvos muito distantes; ao mesmo tempo, é fácil de manejar em combate corpo a corpo. Faço um desenho dela na minha caderneta. Constato que me tornei uma péssima desenhista. Antigamente, era ótima em transferir com precisão as formas para o papel, mas agora os traços dos meus desenhos são pontudos, irregulares e desequilibrados. O resultado é um desenho deformado, que não se assemelha à arma que foi usada no crime cometido na manhã de 13 de agosto de 1949. De repente, um rugido na sala me assusta, meu corpo treme, deixo a sala número 13 e entro no pátio antes que o ar-condicionado arrefeça todo o ambiente. No pátio, volto a esbarrar nos veículos militares que foram usados naqueles tempos, e que eu já tinha visto, e sinto a mesma onda de calor sufocante e a luz branca e ofuscante; porém, o verde-escuro da camisa usada pelo soldado de plantão que eu vi mais cedo, na primeira sala, e que agora se encontra dando uma volta no pátio, acalma um pouco meus olhos, mas não meu estado de espírito. Com os primeiros sinais de pânico, deixo o pátio e vou para a recepção, recupero minha bolsa do armário e me dirijo ao meu pequeno carro branco, que continua sendo o único no estacionamento. A verdade é que não tenho que ficar mais nesta cidade. Esses museus oficiais não vão me fornecer quaisquer dados, nem mesmo algum detalhe significativo que poderá me ajudar a questionar a história contada sobre a jovem. Abro a caderneta para observar meu desenho desajeitado da submetralhadora Tommy, que mais parece um pedaço de madeira podre do que uma arma mortífera. Guardo o caderno na bolsa, então retiro o mapa israelense para decidir qual caminho tomar para o meu novo destino. Tenho que pegar a via expressa número 4, que leva ao sul, e depois, passando por ʻAscalan e antes de Gaza, devo tomar, à esquerda, a estrada 34, e depois, em Sederot, a 232, pela qual devo seguir à direita, para finalmente chegar ao meu próximo destino. Deixo o mapa no banco ao lado, tiro o chiclete da boca, jogo-o no cinzeiro do carro e parto.

Embaixo daquele mapa estão os outros, inclusive o que mostra a Palestina até 1948, mas dessa vez eu não o abro. Bastam-me as pessoas que conheço e que são dessa área, para saber quantas cidades e aldeias se estendiam em torno de Jafa e de ʻAscalan, até não muito tempo atrás, antes de serem varridas da face da terra. Ao longo da rota, juntam-se nomes de cidades e assentamentos, casas variadas, planícies, plantas, estradas, placas de trânsito, rostos de seres humanos, que me acompanham, mas voltam, mais uma vez, a me rejeitar, intensificando meu injustificado sentimento de apreensão durante a viagem. De repente, vejo um posto de controle, onde alguns policiais verificam as carteiras de identidade dos passageiros de um micro-ônibus branco, nas proximidades de Rahat. Aí estão eles! E se não bastasse, há também um policial na beira da estrada, pronto para escolher um dos veículos que passam para ser revistado. Sinto meu coração palpitar na garganta. Tenho que desviar o olhar para qualquer outro lugar. Rapidamente, olho para minha bolsa e enfio a mão direita nela, à procura de uma das caixinhas de chiclete, encontro-a, pego uma goma e jogo na boca, e começo a mastigar olhando para o cume das colinas que se estendem à esquerda da estrada. Tenho que me acalmar. Embora o carro esteja a noventa quilômetros por hora, ele começa a desacelerar, metro por metro, à medida que se aproxima do posto de controle, tanto que quase para por completo quando chego a ele. Engulo minha saliva enquanto mastigo o chiclete. No momento em que passo pelo posto, o carro volta a ganhar velocidade. Respiro fundo, enquanto a cena dos policiais aparece no espelho retrovisor, ocupados em verificar as identidades dos passageiros do micro-ônibus, e, perto deles, as costas do policial de pé, observando os carros passando à sua frente, sempre pronto para escolher um a fim de revistá-lo.

Ainda estou sentada atrás do volante; a exaustão toma conta de mim mais uma vez, jogo minha cabeça para trás. O tráfego é agora muito menos denso, e eu, avançando para o sul, alcanço o ponto onde os montes de areia branca salpicados por pequenas pedras são substituídos pelas grandes dunas de areia amarela macia, nas quais aparecem algumas plantas, magras e murchas, de um verde desbotado, parecidas com aquela alface estragada que o vendedor queria me vender por três vezes mais do que valia, no mercado fechado em Ramallah. De qualquer forma, estaciono o carro perto de um desses campos para descansar um pouco. Tiro o chiclete da boca e o jogo no cinzeiro, e fecho os olhos tentando cochilar um pouco ali, no banco mesmo, mas não consigo; é como se a inquietação me mordesse e me impedisse. Então, quando já perdi a esperança de descansar, tomo os mapas do assento ao lado, abro primeiro o mapa israelense e tento descobrir onde estou, tendo como referência o número que vi na última placa pela qual passei na estrada. Tudo o que tenho a fazer agora é seguir em frente em linha reta, uma curta distância, para alcançar meu próximo alvo, que aparece no mapa como um pequeno ponto preto solitário numa imensidão amarela. Então examino o mapa que descreve o país até 1948, mas o fecho na mesma hora, devido ao susto que tive ao perceber que as aldeias palestinas que foram inteiramente engolidas por esse mar amarelo aparecem nesse mapa às dezenas, e seus nomes querem saltar do papel. Dou a partida e vou em direção ao meu destino.

 E, no meio das dunas amarelas, de longe, eu o vejo; entre nós há uma estreita rua asfaltada e, na outra ponta, uma ala de flores e de palmeiras-anãs, seguida por casas de telhados vermelhos. É o assentamento Nirím. Quando chego à barreira, na entrada da frente, paro o carro e permaneço dentro, esperando que alguém apareça, mas nada acontece. Passado um tempo, eu me aproximo do portão de metal e da guarita, dentro da qual não vejo ninguém; então saio do carro e vou até o portão. O sol está muito forte. Agarro as barras quentes, puxo-as para trás e eu mesma abro. Volto para o carro, atravesso o portão, saio e o fecho atrás de mim; de novo ao volante, avanço lentamente pelo assentamento e logo chego ao que deve ser a parte antiga dele. O lugar parece totalmente inabitado. À minha direita está um enorme estábulo, e, ao lado, há um tanque de água sobre uma antiga torre de madeira; à esquerda, a rua e depois várias cabanas, muito semelhantes às que vi ao meio-dia no vídeo do Museu do Exército, em Jafa. É provável que este seja o lugar onde o crime foi cometido. Talvez esta aqui seja a cabana ocupada como alojamento pelo oficial do destacamento, e aquela, que parece mais velha, deve ter sido o lugar onde a menina foi mantida cativa e os outros soldados a estupraram. Saio do carro e me aproximo das duas cabanas. Paro na frente delas, olho-as por um tempo, antes de caminhar um pouco, em torno delas, depois sigo até um grande armazém, me aproximo e noto que está fechado. Volto a rodear as cabanas e o tanque no outro lado da rua, e de repente estou com medo, ou talvez ele nunca tenha me abandonado, está dentro de mim o tempo todo, mas vem à tona quando quer, como agora. Volto ao carro depressa e tento me acalmar. Tenho que ficar calma. Ligo o carro e regresso à entrada do assentamento. Mas, alguns metros antes de chegar, tomo a rua secundária que vira à esquerda. Não posso desistir assim, tão facilmente, depois de tudo que tive de enfrentar para chegar aqui. Continuo então seguindo em frente, sem saber para onde. Nessa mesma rua que corre em paralelo, há uma fileira de casas novas e grandes, à esquerda, cujas entradas estão cobertas por grama de um verde pálido. À direita está uma cerca de arame farpado, através da qual é possível ver grandes dunas de areia subindo até o céu. Continuo dirigindo entre as instalações, que parecem desertas, até finalmente detectar, entre as portas das casas fechadas, uma porta de vidro, entreaberta, protegida por uma tela contra insetos. Paro o carro no meio da rua, pulo para fora, acenando, e em voz alta e em inglês, digo "Olá!". Mas ninguém responde. Eu grito de novo, ainda mais alto: "Olá!". Momentos depois, um jovem de uns dezoito anos aparece. Pergunto onde fica o arquivo do assentamento, ou seu museu. Ele aponta para a entrada principal, descrevendo um pequeno edifício branco. Ali ficam o museu e o arquivo, ele diz. De volta ao carro, o medo me envolve de novo, mesmo assim continuo até a entrada do assentamento, paro o carro antes de chegar ao final da rua e dessa vez não estaciono perto da calçada; desço, bato a porta, e esse som se funde com o chilrear dos pássaros que enchem o ambiente. Eu me aproximo de um edifício branco, antigo e pequeno, que se encaixa na descrição do jovem. Bato na porta e espero. Ninguém responde. Eu digo "olá", em inglês, em voz alta. Passam-se alguns momentos, antes de uma resposta chegar às minhas costas. Viro-me para a fonte da voz e vejo um homem que já deve ter completado seus setenta anos, de pé, na minha frente. Eu digo "olá" de novo e pergunto se há alguém lá dentro. Ele me informa que o arquivo já está fechado e me pergunta o que eu quero em particular. Eu explico, gaguejando um pouco, que gostaria de saber a história do assentamento Nirím e dar uma olhada em alguns documentos, porque estou fazendo uma pesquisa sobre a região e vim de longe para isso. Ele responde, depois de alguns momentos de silêncio, que é responsável pelo arquivo e pelo museu, e que vai abri-los para mim, embora estejam oficialmente fechados a partir da uma hora da tarde. Agradeço-lhe com algum entusiasmo. Meus batimentos cardíacos, enquanto ele abre a porta, aumentam a tal ponto que poderiam matar de susto os passarinhos. Entramos, ambos com o rosto coberto de suor. Ele me diz seu nome, e me indica um lugar para me sentar numa mesa grande que fica no centro de uma sala quase vazia, antes de se aproximar de um armário branco embutido, à direita da porta. "Está muito quente, não é?", pergunta-me enquanto vai abrindo pequenas gavetas de dentro do armário, de onde retira alguns envelopes. "Sim, insuportável", digo, e ele comenta que na realidade esse calor não o desagrada, pois o faz lembrar, até certo ponto, do calor da Austrália, de onde chegou nos anos 50. Desde então, ele vive nesse lugar. Qual é meu nome? Dou-lhe o primeiro nome não árabe em que consigo pensar. O que estou investigando? É um estudo sobre os aspectos sociogeográficos da região, no final da década de 40 e início da de 50. Ele volta em direção à mesa onde estou sentada, trazendo vários envelopes das gavetas, e se senta ao meu lado; depois de retirar dos envelopes dezenas de fotografias, que espalha sobre a mesa de um branco intenso, me diz que não é um pesquisador de verdade, como eu, mas apenas um amante da fotografia e da história; por isso, ele decidiu fundar este humilde museu, numa tentativa de preservar a história e a memória de Nirím. Começo a virar as fotos enquanto peço a ele que me conte a história do assentamento. Ele inicia sua fala com uma voz serena e clara, livre de gagueira, hesitações ou mudança de tom, como uma espécie de linha reta sem tortuosidade, nada fácil de interromper, "a primeira pedra foi colocada na noite do Yom Kippur em 1946, ao mesmo tempo que em dez outros assentamentos. Foi então que os membros do movimento juvenil Hashomer Hatzair, acompanhados por jovens de diferentes partes da Europa que chegaram ao país no final da Segunda Guerra Mundial, começaram a colonização do Neguev. O objetivo da campanha era ampliar o raio da presença judaica no sul. E assim, amparados pela escuridão e pelo movimento Haganah, que liderou a operação, trezentos caminhões com mais de mil pessoas saíram na direção do Neguev, sem que ninguém se opusesse ou dificultasse seu plano, inclusive as autoridades britânicas, que não sabiam nada sobre o assunto, pois tudo foi secretamente planejado, nem mesmo a Agência Judaica teve conhecimento. Entre os membros do comboio estava um grupo de jovens entusiastas que, distribuídos em vinte e cinco veículos, conseguiram chegar ao ponto mais extremo que poderia ser alcançado no sul, nas proximidades da cidade de Rafah, na fronteira com o Egito. Este foi o lugar onde Nirím foi fundado, numa área conhecida como Dangor, em memória de um judeu egípcio muito rico que adquiriu terras nesta parte do Neguev no final dos anos 30.

"O moral elevado e o ímpeto jovem do grupo fundador de Nirím ficaram particularmente evidentes, sobretudo no tempo em que se preparavam para a guerra, que a cada dia que passava se fazia mais provável. Durante o dia, eles escavavam trincheiras, realizavam exercícios militares, construíam abrigos equipados com produtos de assistência médica e treinavam procedimentos de primeiros socorros; ao entardecer, reuniam-se para cantar acompanhados pelo acordeão e para ler fragmentos do livreto militar do Palmach. Em Nirím, um clima social e cultural dinâmico reinou quase sempre até a véspera da guerra, embora todos soubessem que o Exército egípcio havia reunido suas forças perto das fronteiras, e que estariam se expondo a um ataque feroz. E foi isso que aconteceu. Precisamente, depois do anúncio da criação do Estado de Israel em 14 de maio de 1948, Nirím foi o primeiro assentamento a ser atacado pelas forças egípcias. Sua artilharia efetuou um intenso bombardeio, que, além de danificar severamente todos os edifícios, causou oito baixas entre seus fundadores, além de deixar um grande número de feridos. Mas o resto do grupo resistiu nas trincheiras, tentando repelir o ataque usando apenas rifles e metralhadoras. E apesar da esmagadora superioridade do Exército egípcio, tanto em número de homens como em materiais, as perdas sofridas pelas mãos dos membros do assentamento eram muito altas, o que o obrigou a desistir de atacar Nirím, abandonando-o, e continuar sua marcha para o norte.

"Muitos atribuem o triunfo milagroso de Nirím — cujos quarenta e nove membros, equipados apenas com armas leves, enfrentaram um exército regular que tinha todos os meios materiais e cujas tropas chegavam a quase mil soldados — ao espírito de vontade e de resolução que moveu esse grupo de combatentes para que persistissem na movimentação e na comunicação contínua entre os diferentes pontos de resistência no assentamento, o que levou o Exército egípcio a entender que eles não se entregariam nunca; por isso decidiram não perder mais tempo e seguir em frente. Depois desse ataque, com os bombardeios intensos que ocorreram todos os dias em outros lugares, a vida continuou no subsolo de Nirím, em trincheiras e casamatas. A experiência como um todo, mas sobretudo a vitimização de oito dos jovens fundadores, alguns pertencentes a famílias cujos membros tinham sido salvos do Holocausto na Europa, deixou uma marca profunda no caráter de Nirím, que expressava bem o lema criado pelos membros do assentamento, escrito num pedaço de pano e pendurado numa das paredes, pouco antes do início da guerra, durante a celebração do Dia do Trabalho, no 1º de maio. Tanto o lema quanto a parede na qual ele foi disposto permaneceram intactos depois do ataque, e continuam sendo honrados até os dias de hoje."

Quando terminou de falar, ele me passou a fotografia daquela parede: a única que ainda estava de pé nos escombros; no alto, um largo pano branco com uma frase escrita em hebraico que ele traduziu para mim: "Não é o canhão que vence, mas o ser humano". Sobre a mesa estavam espalhadas fotografias que mostravam um comboio de veículos presos na areia, o território antes de o assentamento ser fundado, os membros fundadores em trajes curtos, parecidos com os uniformes cinza, e as várias fases de construção do assentamento, que incluiu, em primeiro lugar, algumas cabanas, entre elas, uma usada como refeitório. Havia também imagens de colonos sentados com os habitantes da área, os beduínos; em algumas estão conversando e em outras olhando para a câmera e sorrindo. Pergunto a ele sobre as relações entre os habitantes palestinos e os imigrantes judeus durante esse período. "Excelentes", ele responde; tanto é que os colonos montaram uma barraca especial para receber os beduínos que vinham visitá--los e tomar chá de hortelã com eles, e pouco tempo depois uma relação de amizade afetuosa e profunda confiança mútua foi estabelecida entre eles, a ponto de os beduínos confiarem suas espadas aos colonos, deixando-as com eles. Mas as relações se deterioraram quando a guerra foi declarada. "Por quê? Houve atritos ou eventos específicos, durante ou depois da guerra, levando à ruptura?", pergunto. Não, ele me responde, e acrescenta: são as guerras, elas às vezes separam até os membros de uma mesma família. "E depois da guerra?" "Em outras ocasiões, houve confrontos entre os colonos e os árabes que permaneceram na área, cujos rebanhos avançavam de vez em quando pelas terras do assentamento e comiam seus plantios." "Chegou a ocorrer alguma morte, de homem ou mulher, de um lado ou de outro?" Ele me diz que não se tem notícia de nada disso. Então, depois de alguns momentos de silêncio, acrescenta que houve um episódio, um, do qual ele tinha conhecimento, e que acabou na morte de uma pessoa; aconteceu durante seu voluntariado numa unidade militar que foi formada depois da guerra, cuja principal missão era procurar infiltrados na área. "Que episódio foi esse?", pergunto, tentando garantir que meus batimentos cardíacos não sufoquem minha voz. Ele responde que um dia, durante uma das suas rondas, eles encontraram o corpo de uma jovem beduína num poço próximo; e explica que quando os árabes suspeitam do comportamento de uma jovem mulher, eles a matam e jogam seu cadáver num poço. E que ele se sente mal por isso, diz, e por existirem costumes assim entre eles.

"Depois da Guerra da Independência", ele diz, concluindo sua fala, "uma decisão foi tomada para que movessem o assentamento para este local, onde estamos, cerca de vinte e cinco quilômetros ao norte do original." "Por quê?" "Primeiro, porque esta área é mais segura, e, em segundo lugar, porque a média de chuva anual é muito maior aqui do que no local anterior."

No final da visita, ele me dá um folheto que traz muitas informações sobre o assentamento e sua história. Eu lhe agradeço e vou para o carro, que está estacionado do lado de fora, esperando por mim, paciente e fiel. Quando me sento ao volante, olho o folheto e percebo que quase todas as informações que acabei de coletar são as mesmas que já estão publicadas nele, e que existe até um site que pode ser acessado para informações adicionais. Além do local não ser a cena do crime, eu poderia ter recolhido todos os dados que consegui nesta minha viagem cansativa confortavelmente sentada à minha mesa, em casa, na frente da janela grande.

Esse folheto, pelo menos, traz um pequeno mapa, onde aparece o antigo local do assentamento, que, como acabo de descobrir, e também pelo que leio aqui, não tem mais o nome de Nirím, mas Dangor, que é como a área era conhecida antes do estabelecimento da colônia. Ligo o carro e dirijo até a entrada principal, onde, agora sim, posso ver sentado na guarita o guarda, que abre o portão para mim, e sigo no caminho ao longo da estrada escura, passando por entre dunas amarelas silenciosas que tremem pelas reverberações da luz. E, embora seja ainda de tarde, eu não consigo ver um único carro nas ruas em que estou dirigindo, nem sequer uma alma viva sobre os morros que se estendem pelos dois lados. Há apenas algumas árvores; passo então, de vez em quando, por plantações de bananas, mangas ou abacates. Mas à medida que avanço para o sul, a impressão de que a área é completamente desabitada se torna mais evidente. Por fim, chego ao meu destino, que fica à esquerda. À direita, porém, há um quartel do Exército. Então eles não deixaram o lugar. Estaciono o carro à beira da estrada, pouco antes do quartel, e saio. O calor permanece extremo, o sol forte. Estou caminhando ao longo do asfalto, em cujas margens há fragmentos rasgados de revistas eróticas. Avanço paralelamente à cerca do quartel, atrás do qual aparecem as pontas de inúmeras barracas, mas não vejo um único soldado. Diminuo o ritmo, hesitante em atravessar para o outro lado, mas, depois de alguns segundos, atravesso a estrada e vou direto para lá, para a cena do crime, sem mais delongas. O lugar se assemelha a um parque de proporções limitadas; terreno arenoso sem nivelamento, no qual existem canforeiras e bancos de madeira para os frequentadores. No final, à esquerda, há um edifício de concreto, no qual está escrito, em hebraico, o lema que eu já vi antes numa das fotos do museu de Nirím: "Não é o canhão que vence, mas o ser humano". Ando pelo parque, pisando na areia. Agora as canforeiras estão à minha direita, e bem à minha frente está a construção de cimento. É para lá que eu vou. Subo uma escada que me leva ao telhado, e diante de mim se desdobra uma paisagem impressionante de grandes dunas, com as quais se alternam, aqui e ali, campos de vegetação de um verde desbotado seguidos por extensões plantadas com árvores e então um muro, atrás do qual surgem várias fileiras de casas de cor cinza e branca, intercaladas por algumas árvores, e a partir daí começa a serpentear a linha do horizonte. É Rafah, que vai engolir o sol em breve. À direita estão, além das elevações de areia, áreas plantadas com bananeiras, mangueiras e abacateiros, pelas quais passei de carro há pouco. Olho de novo para o espaço à minha esquerda, cuja parte maior está coberta por canforeiras, fazendo com que muitos detalhes desapareçam. Então levanto o olhar, depois de alguma hesitação, em direção ao quartel. Não detecto nenhum movimento ali dentro. Suas barracas estão quietas, assim como os veículos militares, espalhados pelo lugar. Examino com cautela os buracos negros nas aberturas das torres de observação, incapaz de determinar se há soldados no seu interior, me observando agora, ou se não há ninguém. Sem mais nada para fazer, deixo o telhado e desço a escada, que me leva de volta para dentro do prédio, cuja altura excessiva me impede de ver qualquer outra coisa que não seja concreto. Sinto-me sufocada, apresso-me para pôr os pés na areia. Então ando ao redor do lugar novamente, devagar, à procura de restos de cabanas e trincheiras. Os poucos vestígios remanescentes e que indicariam a presença de algum assentamento ou acampamento no passado são limitados a uma pequena trincheira, apoiada com sacos de areia que parecem recentes, pois não mostram nenhuma ação do tempo. Consigo ver pegadas humanas sobre a areia, porém não muito marcadas, seus contornos não são bem definidos. Talvez tenham sido de alguns dias atrás. Afora isso, nada. Não se pode encontrar na areia qualquer outro detalhe, nem mesmo algo desperdiçado. Até os sacos de lixo pendurados em anéis de metal, ao lado dos bancos de madeira, estão vazios e fechados, com uma metade do plástico aderida à outra. E, mesmo não tendo encontrado nenhum detalhe, maior ou menor, que sugira que o crime foi perpetrado aqui, na mesma data em que, depois de vinte e cinco anos, eu nasci, continuo caminhando no parque. Logo depois, quando o sol começa a se aproximar dos telhados de Rafah, eu deixo o lugar, atravesso a estrada, entro no carro e parto.

Continuo me movendo entre as colinas de areia baixas, cravejadas de arbustos e de outras árvores, irreconhecíveis, mas sem me afastar muito do lugar, até perceber depois de um tempo que estou andando em círculos, em vão; paro então o carro na beira da estrada, saio e, a pé, adentro uma das plantações. Na areia descansam várias mangueiras de água, distribuídas em ordem entre as árvores, fazendo voltas em torno de cada tronco. Começo a andar por entre filas de árvores, as primeiras são altas, as folhas são de um verde vivo apesar da camada de pó que as cobre, e delas se dependuram abacates. Levanto a mão e pressiono com os dedos a casca áspera. Então continuo a avançar em direção às árvores mais baixas atrás das primeiras. São mangueiras. Apalpo seus frutos, são mais duros que o abacate, porém sua casca é mais macia. Continuo andando, para completar o passeio, em direção às bananeiras. Lá eu recebo a última luz do dia, que transborda através das grandes folhas. Depois de caminhar por elas, eu paro cansada, e me deito, de costas, pregando meus olhos no desbotado céu azul, enquanto a luz fraca do pôr do sol, que se infiltra através das folhas das bananeiras, me cobre por inteiro. Permaneço deitada na areia, deixando a sensação de impotência me levar ao sentimento de enorme solidão. Que inutilidade estar aqui! Não consigo encontrar o que vim procurar; esta viagem não acrescentou nada àquilo que eu já sabia sobre o acontecimento. Aos poucos, a solidão se transforma em inquietação, à medida que a luz do sol desaparece e a noite está prestes a cair. Tenho que me levantar e voltar para o carro. Forço meu corpo a levantar e começo a caminhar por entre as árvores que agora parecem infinitas, sem uma saída. Corro, o mais rápido possível, até chegar ao carro; abro a porta e desabo sobre o banco do motorista. Tenho que sair daqui o quanto antes. Pego, então, o mapa israelense, que está aberto ao meu lado, para estudar o caminho de volta para Ramallah. Rodovia 232 até a estrada 34, e depois, à esquerda, rodovia 40; então, à direita, a 443, e de lá eu me lembro do caminho. Devolvo o mapa para o banco, jogando-o em cima dos outros, ligo o carro e parto.

Assim que me afasto do local, fico mais calma. Quem sabe se eu ficar mais um pouco aqui poderei descobrir alguma coisa, ou encontrar um fio que possa me conduzir a novos detalhes sobre o caso, e assim possa formar uma ideia do que aconteceu com a menina. Eu diria até que o sol quase se pondo me convida a pensar em permanecer esta noite. Por que não? A pergunta é "onde", e é o que vou perguntar à primeira pessoa que encontrar. Então continuo por um tempo dirigindo em ruas estreitas e retas que se cruzam, como molduras pretas para trechos em geral arenosos e amarelados. Até que, logo depois do crepúsculo, chego a um posto de gasolina. Primeiro, encho o tanque de combustível, quase vazio depois do meu deslocamento do dia. É a primeira vez na vida que faço isso, e, desajeitada que sou, acabo derramando um pouco de gasolina na mão e nas calças. Então, precedida pelo cheiro de combustível, caminho até o responsável pelo posto para pagar. Ele é um jovem gentil, que, claro, não se importa com o cheiro de gasolina que exala de mim, já que deve passar quase todo o tempo aqui. Pergunto-lhe sobre algum lugar próximo onde eu possa passar a noite e ele me aconselha a ir para o assentamento Nirím. Alguns de seus moradores alugam quartos para turistas como eu, explica ele, porque me apresentei como tal. Nirím novamente, então. De acordo com o mapa, não estou longe e consigo chegar até lá sem grandes transtornos. E, sem perder tempo, é para lá que eu vou. Quando, logo depois, chego à barreira de entrada, não vejo o guarda na guarita. Saio do carro e eu mesma abro o portão; volto para o carro, dirijo pela entrada, desço, fecho o portão, e, novamente ao volante, adentro o assentamento. Então, passo inicialmente pelas cabanas que no começo eu acreditava que fossem o lugar do crime, olho para elas de forma indiferente, sem o mal-estar que me agrediu da primeira vez. Continuo avançando pelas ruas, e só agora atento que elas têm nomes de flores. Viro na rua Jasmim, logo avisto um jovem de pé na frente de um carro, e atrás do carro um outro jovem, de quem vejo só o tronco. Saio do carro e cumprimento-os; pergunto se eles sabem de um lugar onde eu possa passar a noite. Enquanto o segundo homem volta a mexer no porta-malas, depois de ter levantado a cabeça para ver quem chegava, o jovem diz que ele mesmo aluga quartos, mas infelizmente não tem nenhum desocupado esta noite. Um tanto decepcionada, pergunto-lhe se há alguma acomodação em que eu possa ficar, ele me aconselha a voltar para a rua de onde vim e virar antes de ela terminar à esquerda, na rua Narciso. Lá, talvez eu encontre um quarto numa hospedaria que fica no início da rua à esquerda. "Espere um minuto", ele me diz, enquanto puxa de uma bolsinha de couro na cintura um celular e faz uma ligação. Ele conversa com o dono da hospedaria da rua Narciso, que ainda tem um quarto, o último, "você está com sorte". Agradeço-lhe pela gentileza e me dirijo até lá. Está escurecendo. Quando chego à hospedaria, na rua Narciso, vejo que o dono está me esperando na calçada. Embora ele não pergunte quem eu sou, dou-lhe a mesma versão sobre minha identidade e a razão para a minha presença, dada antes para a pessoa responsável pelo museu e pelo arquivo, a fim de não levantar suspeitas. O homem me conduz, através de um grande jardim, a um alojamento em frente à sua casa. O lugar é limpo e arrumado. Pago a ele adiantado por uma noite, que acaba de começar, porque quando voltamos juntos para a entrada a escuridão é total. O dono me deixa e vai para casa, enquanto eu sigo para o carro, de onde pego minha bolsa e os mapas; tranco-o e volto para o alojamento. Deixo a bolsa na mesa da cozinha, noto a geladeira, e me lembro de que a última coisa que mastiguei foi o chiclete; na verdade, a única coisa que botei na boca desde a manhã foi o chiclete. Eu me aproximo da geladeira e a abro. Há um bolo e dois potes de iogurte. Como um pequeno pedaço do bolo, sem saber se era permitido. Os hóspedes anteriores podem ter deixado quando foram embora, então como mais um pedaço e saio. Apago a luz que ilumina a entrada do alojamento e espero alguns momentos até que consigo distinguir a rede que avistei na chegada, pendurada entre duas palmeiras-anãs. Eu me aproximo, envolvida pela noite aveludada, me jogo na rede e de lá contemplo a luz fraca das estrelas distantes, espalhadas por todo o céu. Fico ali, parada, sem me mover por um longo tempo; uma fina camada de orvalho começa a se formar sobre meu corpo, e, de repente, observo uma massa preta escura se movendo sobre o gramado e vindo na minha direção; ela para perto da rede. É um cão. Sua presença me enche de medo. Tento afastá-lo várias vezes, mas ele não se mexe, fica onde está, enquanto o pavor vai crescendo dentro de mim, o que me obriga a saltar da rede e a voltar ao alojamento, porém antes de entrar olho para trás em direção ao cão, mas não o vejo. Ele desapareceu completamente.

Assim que entro no meu alojamento, e apesar da exaustão e da total falta de vontade de tomar banho, o cheiro de combustível me força até o banheiro. Entro na banheira, fecho a cortina, abro a torneira e um fluxo quente, intenso e abundante de água corre sobre meu corpo, o que me faz lembrar que não preciso realmente tomar banho rápido, pois não estou em Ramallah, onde me preocuparia em fechar logo a torneira para não acabar com a água da caixa, deixando os vizinhos sem nada. Embrulho meu corpo numa espessa camada de espuma, tentando livrá-lo do acúmulo de suor, da poeira e do cheiro de combustível. Então abro de novo a torneira e deixo o jato abundante cair no meu corpo, varrendo toda a espuma e com ela a lembrança da baixa pressão da água no banheiro da minha casa, em Ramallah, o que torna difícil a decisão de desligar a torneira e sair do banheiro. Só quando calculo com certeza quase absoluta que a água que gastei nesse banho se equipara ao meu consumo semanal nos banhos diários na minha casa em Ramallah é que me apresso em fechar a torneira. Seco meu corpo, envolvo-me na toalha e saio do banheiro trazendo as roupas, que exalam gasolina e um leve cheiro de suor. Vou para a mesa da cozinha, ponho minha camisa nas costas de uma cadeira e as calças na outra, para ventilá-las, esperando que se livrem dos odores. Empurro meus sapatos para debaixo da mesa. No meu caminho para a cama, paro perto de uma pequena estante na qual estão alinhados alguns livros, incluindo guias turísticos locais, livros de receitas e de arte. Levo um dos últimos e vou para o quarto. A cama bem arrumada sugere que logo o sono tomará conta de mim. Abro o livro, grande e pesado, e numa das suas primeiras páginas aparece uma pintura que retrata um homem com uma cara avermelhada, vestindo um terno preto e uma camisa branca, calmamente sentado numa cadeira. É um livro sobre expressionismo, movimento que, como esclarecido no texto, foi influenciado pela experiência de morte violenta, destruição e aniquilação vivida por artistas alemães durante a Primeira Guerra Mundial, que os levou a passar do classicismo plástico para um estilo que tendia a uma contundente alteração das formas humanas e dos ambientes. Os traços que compõem as inúmeras pinturas do livro são, de fato, contundentes, perturbados, deformados. Continuo folheando o livro até chegar a alguns trechos de cartas enviadas por um dos artistas para sua esposa. Na do dia 8 de junho de 1915, ele escreveu: "Ontem passamos por um cemitério destruído pelo bombardeio, que arrebentou os túmulos, deixando os caixões nas posições mais perturbadoras. As bombas expuseram os habitantes dos túmulos à luz do dia em posturas nada celebráveis. Podiam-se ver ossos, cabelos e roupas daqueles corpos nos caixões agora totalmente abertos". E, na de 21 de maio do mesmo ano: "As trincheiras se espalham, como se fossem feridas em linhas sinuosas, e dos abrigos sombrios emergem rostos brancos. Ainda há muitos homens que arrumam seus lugares, onde as sepulturas repontam em toda parte, e rodeados por cadáveres continuam sentados ao lado de seus abrigos entre os sacos de areia. A coisa parece surreal, há um homem fritando batatas sobre uma sepultura perto de seu abrigo. A vida aqui se tornou uma contradição grotesca". Em outra página, vejo uma pintura mostrando uma jovem nua deitada de bruços sobre a areia, como se ela tivesse caído, sua pele é da mesma cor da areia, o cabelo é curto, preto e desarrumado. Fecho o livro, deixo-o de lado, apago a luz e adormeço. Um pouco antes do amanhecer, sou acordada por uma explosão forte, seguida por outra, momentos depois, e mais outra. Não estou sonhando. O que estou ouvindo são projéteis. A percepção do impacto me informa quão distante estou de onde eles estão caindo. É muito longe, além do Muro. Em Gaza, ou talvez em Rafah. Há uma grande diferença entre o estrondo de uma explosão para quem está longe do bombardeio e para aquele que está próximo dele. Dessa vez, o estrondo não é ensurdecedor nem irritante; é bastante pesado, profundo, parecido com lentas batidas sobre um grande tambor. Tampouco as explosões abalam o prédio onde me encontro, mesmo sendo de madeira fraca, ou quebram os vidros da janela, mesmo que estejam fechadas.

Quando levanto da cama e abro a janela, o quarto não é inundado por uma nuvem de poeira espessa de toque grosso, mas sim pelo ar fresco do amanhecer. Continuo a escutar, com atenção, as repetidas explosões, que me dão uma vaga sensação de proximidade de Gaza, permeada pelo desejo de ouvir o bombardeio de perto, de sentir as partículas de poeira dos edifícios demolidos por explosões; sua ausência me faz sentir quão longe estou de tudo que me é familiar, e quão impossível é minha volta a isso agora. Mas, antes de deixar a ansiedade tomar conta de mim e abrir caminho para a preocupação e a angústia de sempre, volto para a cama e durmo de novo.

De manhã, muito cedo, acordo, visto minhas roupas, que cheiram menos a suor, mas preservaram o odor da gasolina, e me dirijo até o carro, entro, bato a porta, deixo o lugar sem ver o dono da hospedaria, e saio na direção da cena do crime, porque se não for para lá, não sei para onde ir. A estrada parece dessa vez muito mais curta que antes; agora sou guiada pelas linhas curvas das grandes dunas, pelas plantações de abacates, mangas e bananas, e não pelos mapas. Quando chego, encontro tudo como no dia anterior, exceto, talvez, por estar menos quente; o dia está apenas começando e, além disso, uma fina camada de nuvens amortece os raios do sol. Aproximo-me do edifício de concreto, que me recebe de novo com o lema: "Não é o canhão que vence, mas o ser humano". Subo a escada. Do telhado, mais uma vez distingo, na borda do horizonte, a cidade de Rafah, de onde nesta manhã sobe, silenciosa, a fumaça do bombardeio; mas logo se dissipa no azul desbotado do céu e se confunde com o cinza do Muro, que esconde a maioria das casas por trás dele. Alguns colegas do meu novo trabalho, e que são muito simpáticos, são originários de Rafah e de outros lugares de Gaza. Deixo meus olhos absorverem o que podem da paisagem por esses meus colegas, que há anos aguardam uma autorização para visitar sua terra.

Desço as escadas do edifício, caminho para um monte de areia próximo e me sento à sombra de uma canforeira. Retiro da bolsa os dois potes de iogurte que apanhei da geladeira da hospedaria, junto com uma colherzinha, e começo a comer. A brancura do iogurte ofusca um pouco meus olhos, que correm pelo lugar com parcimônia, movendo-se de um a outro dos seus detalhes monótonos, que já tive a oportunidade de contemplar ontem. Os troncos de árvores que nascem da areia, a pequena trincheira reformada, o lema no edifício de concreto, o quartel do outro lado da estrada. Quando termino de comer o iogurte, levanto-me num impulso, apoiando-me numa das mãos. De repente vejo perto de mim, na areia, pegadas de cão recentes, e percebo que elas se espalham em todas as direções. O medo então desperta em mim novamente. No entanto, tento andar com calma em direção ao carro, porque pode haver soldados me observando das torres do quartel. Então desacelero meus passos o quanto posso, passando os olhos pelos troncos das árvores e suas folhas quase secas, pelos bancos de madeira no parque, pela areia pisoteada perto da trincheira. Mas minhas pernas querem correr até o carro e sair de lá o mais rápido possível. Lembro-me do chiclete. Enfio a mão na bolsa, pego uma das caixinhas, enfio duas gomas na boca e guardo a caixa dentro do bolso das calças. Primeiro me concentro no chiclete, e então levanto o pote de iogurte, que ainda está na minha mão esquerda, até perto dos olhos e leio o que está escrito nele. Finalmente chego ao carro. Abro a porta, abandono a bolsa no banco do passageiro e deixo o pote do iogurte atrás do freio de mão; ligo o motor e sigo em frente, paralelamente à cerca do quartel, evitando olhar na sua direção, deixando meus olhos acompanharem os arredores do parque. Dirijo na direção oposta à minha vinda e, alguns metros depois, chego ao final da rua que se bifurca em duas. Na estrada que segue à direita e leva a Rafah há uma fileira de veículos blindados e outros veículos militares, e próximo dela há dezenas de soldados, entre os quais alguns balançam o corpo à direita e depois à esquerda, enquanto conversam. Parece que estão prestes a realizar uma operação terrestre em Rafah. Viro à esquerda e pego a estrada que vai me afastando de Gaza e de tudo que nela acontecerá. De lá sigo para o leste dirigindo, parecendo uma mosca agitada, sem rumo, entre colinas e dunas atravessadas, aqui e ali, por alas de ciprestes ou canforeiras. O tempo passa sem que eu chegue a uma decisão sobre o que fazer. Por fim, paro o carro no acostamento. Pego os mapas do banco de trás, abro o israelense e procuro o número da estrada onde estou. Cheguei até aqui. Examino a estrada para o leste, onde vejo, ao norte dela, nomes de lugares árabes, todos concentrados numa área emoldurada por várias estradas que formam um triângulo. Fora isso, quase toda a extensão do sul do Neguev está vazia, exceto por alguns pontos designados como zonas de exercício militar, ou assentamentos, ou fazendas israelenses isoladas. Examino a área do triângulo novamente e os lugares cujos nomes leio pela primeira vez. Depois de um tempo, deixo o mapa no assento ao lado; tiro o chiclete da boca, jogo no cinzeiro e parto para o norte. À medida que me movo em frente, o tráfego nas estradas se intensifica, e a área não parece mais tão deserta. Também aumenta o número de pedras e rochas de sombras pontiagudas, nas elevações do terreno, cuja superfície passa de areia amarela pálida a um pó esbranquiçado. Continuo dirigindo na mesma estrada até que de repente vejo uma estradinha de terra à esquerda; parece que dá para seguir nela com o carro. Imediatamente ligo o pisca-alerta da esquerda, diminuo a velocidade à medida que me aproximo, e saio por ela. A presença de pedregulhos facilita a movimentação do carro, mas, e apesar das minhas precauções, não posso impedir que uma densa nuvem de poeira se transforme num nimbo que envolve toda a paisagem atrás de mim. À minha frente, porém, um panorama das colinas solitárias se estende e fica ainda mais cruel pelo efeito do sol do meio da manhã e das muitas pedras espalhadas. Depois de alguns minutos, começam a despontar os tetos de algumas cabanas, que em seguida se escondem atrás das colinas, para voltar a aparecer à medida que avanço, ficando nitidamente visíveis quando chego a poucos metros de distância. Ali, um cão avança em direção ao carro, latindo, colérico. Tento evitá-lo para não atropelá-lo, mas ele, indiferente às minhas tentativas, continua a seguir o carro. Então, quando paro, ele começa a se mover em semicírculos na frente do carro, sem parar de latir. Eu me vejo, então, forçada a ficar dentro do veículo, esperando que ele se acalme e vá embora, ou que alguém saia de alguma cabana para me salvar dele. Mas nada disso acontece. Olho aqui e ali, à procura de alguém, e observo as cabanas, algumas construídas de metal, outras de barro com telhados feitos de chapas de zinco cobertas por plásticos e depois por pedras, suponho que para impedir que os ventos os levem. Além das cabanas, há alguns currais, mas todos vazios, de portas abertas. O lugar parece semiabandonado. Até agora ninguém veio ao meu encontro; ou ao menos espiar para ver por que o cão late desse jeito, ou por causa do barulho do carro e da poeira levantada. Pego o mapa israelense de novo, procurando alguma pista sobre este pequeno vilarejo, mas não há nenhum vestígio. Um espaço vazio amarelo engloba o lugar onde imagino que me encontro. Fecho o mapa e o coloco de volta no assento do passageiro. Esta deve ser uma das aldeias não reconhecidas do Neguev, da qual ninguém ouve falar. Passo os olhos pelos tanques de água espalhados por ali, onde também há vários veículos abandonados, com pedras no lugar dos pneus, sem portas, volantes, faróis nem assentos. Não sei quanto tempo consigo ficar no carro, onde o calor já está insuportável. Enquanto isso, o cão continua a me cercar, embora seu latido tenha se acalmado um pouco. Mas, assim que começo a baixar a janela, para permitir a entrada de ar, ele começa a latir, exasperado; fecho a janela de novo, deixando apenas uma frestinha aberta, e volto a observar os detalhes do lugar. Conto seis cabanas quando, de repente, noto o que parece ser a sombra de uma cabeça, talvez de uma menina, espreitando por uma das entradas, mas que logo desaparece, num piscar de olhos, antes que eu tivesse tempo de baixar a janela, pôr a cabeça para fora e gritar: "Olá!". Imediatamente volto a subir a janela, pois o cão começa suas investidas furiosas contra mim. Mesmo assim, levanto a voz o máximo que posso, tentando direcioná-la pela frestinha da janela, repetindo meus apelos na direção da abertura escura dentro da qual a sombra desapareceu. Mas ninguém responde. Nada, só o latido do cão. Quando perco a esperança de que alguém me ouça, desisto, me entrego ao silêncio no qual pouco a pouco a dúvida começa a se apegar: será que realmente eu vi aquela garota ou só imaginei que a vi? O latido se acalma, mas o cão ainda está lá, deitado na frente do carro, na areia pálida. Então me inclino, com grande cautela, para a janela do copiloto e a abro lentamente, tentando não atrair a atenção do cão, esperando que um pouco de ar possa entrar e mitigar o calor terrível que está aumentando, mas não adianta, o calor extremo não me dá trégua e continua seu cerco. E como o lugar ainda está calmo, fico ali no meu banco pensando no que fazer. Realmente não sei. Depois de alguns momentos, mudo minha postura e olho para o cão, que está olhando para mim. Viro meus olhos para a abertura onde acredito ter vislumbrado a sombra da menina, mas a única coisa que paira agora é a escuridão. Devo ter imaginado a menina. Passo a observar as entradas das outras cabanas e suas janelas, à procura de alguém espreitando, e de lá eu movo meus olhos em direção ao tanque de água, que não está longe de uma das cabanas, e vejo uma grande garrafa azul quase cheia de água, bem debaixo de uma torneira. Isso significa que o lugar não é totalmente despovoado. Agora observo os currais; em seguida, as placas de zinco e as ferramentas que foram produzidas com elas; em seguida, os veículos velhos, largados entre as cabanas, e que parecem, por mais artificiais que sejam seus componentes, em perfeita harmonia com a natureza. Finalmente, ponho a mão na chave do carro, dou a partida e faço a volta para tomar a estrada de onde eu vim. O cão pula, começa a latir de novo e sai atrás de mim. Eu o vejo correndo, pelo espelho retrovisor, até as nuvens de poeira se levantarem, cobrindo-o e também a todo o panorama de cabanas e colinas. Chego à estrada principal e viro à direita, mais uma vez em direção ao setor sudoeste do Neguev, sem uma razão clara, como se eu fosse incapaz de me afastar do lugar. Continuo a atravessar colinas secas que vão aos poucos se transformando em areia de um tom amarelo pálido, e a intensidade do tráfego nas estradas vai se reduzindo até desaparecer por completo. O único movimento agora é o das reverberações da luz, que fazem as estradas e colinas se agitarem. Miragens assumem formas de espectros que desaparecem num instante, logo que se fixa neles o olhar. Mas, de repente, vislumbro uma velha senhora que é real, parada na estrada antes de um cruzamento. Freio imediatamente, perto dela; abaixo o vidro e pergunto se posso ajudá-la ou se ela quer que eu a leve a algum lugar.

A velha senhora entra no carro, e assim que ela se senta ao meu lado e partimos, ambas se apegam ao silêncio, cada uma dirige seu olhar para partes diferentes da paisagem que nos rodeia. Olho para a frente, para a estrada que atravessa as colinas, cuja coloração muda de amarelo desbotado para ocre tênue; ela olha para a direita, como posso notar pela posição da sua cabeça, coberta por um lenço tão preto quanto seu vestido. De vez em quando, olho de soslaio para ela, consigo ver partes do seu rosto franzido por rugas profundas, e suas mãos, descansando no vestido preto, me parecem tão firmes como nunca vi outras em minha vida. São atravessadas por veias azuis, semelhantes às linhas dos mapas que joguei no banco de trás quando parei o carro para ela entrar. Ela deve ter uns setenta anos de idade. A menina teria agora sua idade, caso não tivesse sido morta. Quem sabe esta senhora tenha ouvido falar do incidente, que provavelmente chegou aos ouvidos de todos os habitantes do Neguev, deixando-os todos horrorizados, de forma tal que quem tivesse ouvido não poderia ter se esquecido. Posso começar por perguntar-lhe sobre a região e desde quando mora aqui, depois, devagar, posso mencionar o que ocorreu e perguntar se ela sabe alguma coisa sobre aquilo. Mas as palavras não saem da minha boca. Um muro de silêncio nos separa, parecido com o que paira sobre a natureza lá fora. E assim continuamos, até que a senhora me pede para parar. Eu paro o carro e ela sai. Mas primeiro ela me olha nos olhos diretamente; em seguida, ela se vira e se dirige tranquila para um caminho arenoso à esquerda, que não pode ser visto por aqueles que viajam nas estradas asfaltadas, nem sequer é possível imaginar que leve a algum lugar. A velha senhora caminha por ele até desaparecer, sem deixar vestígios entre as colinas arenosas, enquanto eu sigo meu caminho no carro, acompanhada pela sua ausência no assento ao meu lado, e depois pelo arrependimento, por não ter tido a coragem de lhe perguntar sobre o incidente. Que lástima eu sou! É ela, e não os museus do Exército, nem os assentamentos, nem os arquivos, que poderia ter os detalhes que me ajudariam a descobrir o que aconteceu com a menina e chegar à verdade de uma vez por todas. Quanto mais me afasto dela, mais entendo e mais me arrependo. De repente, paro o carro, viro e mudo de direção. Chego ao ponto em que a velhinha desceu. Estaciono paralelamente à estrada, e começo a olhar nos mapas para me certificar se há indicações de alguma aldeia à esquerda e aonde a velha senhora poderia ter ido. Mas não há sinal de que possa haver qualquer povoado ali. No mapa israelense, porém, aparecem alguns pontos esparsos, sobre uma área distante da estrada, indicando a presença de um campo de treinamento militar e um espaço amplo para tiros. Saio do carro, atravesso a estrada e me dirijo ao estreito caminho de areia. Dou mais alguns passos com a esperança de descobrir algo detrás das colinas que possa me levar a ela, mas outras colinas sucedem a estas. Começo a estudar a possibilidade de entrar com o carro na trilha. Talvez consiga, se dirigir bem devagar. Volto para a estrada principal, para o lugar onde deixei o carro, e com ele adentro a rua de areia. Essa rua me leva entre colinas arenosas que logo se abrem para um panorama diferente do que eu tinha visto até agora. O carro continua, portanto, avançando entre colinas amarelas até que, do nada, aparecem algumas palmeiras-dum, terebintos e canas-do-reino. Tem que haver alguma fonte de água. E eu não resisto à ideia de ir nessa direção, apesar de uma placa indicar uma área militar, com a qual os habitantes da zona B geralmente se deparam. Então, quando chego perto daquelas árvores, paro o carro, saio e caminho em direção a elas. No silêncio absoluto e tórrido que me rodeia, o próprio som dos meus passos na areia me assusta, e tento andar com cautela, com a maior leveza; isso me distrai de tudo à minha volta, exceto do trecho de terra no qual me desloco. Continuo avançando com muito cuidado até que noto algo jogado sobre a areia. Eu me aproximo, me inclino, abaixo os olhos. É uma cápsula de bala. Estendo a mão e a pego. Aproximo-a bem do meu rosto para observá-la melhor, quando vejo, a alguns metros, entre as palmeiras-dum, um bando de camelos, parados, perplexos com minha presença. Agora sou eu quem fica paralisada. Não sei o que esses animais estão fazendo num campo de tiro. Os dois camelos parados à direita desviam o olhar enquanto se movem na direção dos arbustos próximos, dando saltos elegantes para pular sobre o que deve ser um declive na areia; desaparecem. Em seguida, outros quatro camelos começam a se mover calmamente na areia, que abafa o som dos seus passos, seguindo os outros dois, e, como eles, desaparecem atrás das árvores. Ergo-me, com a cápsula ainda na mão direita, e me viro para voltar ao carro, deixando os camelos a pastar em paz. Só então percebo que há um grupo de soldados no meio da vastidão, olhando para mim, calados. Nesse instante, uma onda de calor tórrido me varre, e começo a suar. Tenho que me acalmar imediatamente. Ficar tensa não vai mudar o curso dos acontecimentos. E outra coisa: na minha mão está a cápsula, abro a mão deixando-a cair mansamente na areia. O que tenho de fazer é continuar andando, calma e segura, para onde o carro está, sem dar a menor importância à sua presença. Mas um deles grita, mandando-me parar imediatamente, enquanto os outros apontam suas armas para mim. Nesse instante, as palpitações do meu coração começam a ressoar na minha cabeça, e fico como que anestesiada. Devem ter reparado no pequeno carro branco que entrou na zona militarizada, levantando suspeitas; eles podem ter contatado a polícia, que tem acesso legal a todos os dados que quiserem, incluindo os do dono do pequeno carro branco, e teriam descoberto que ele pertence a uma locadora de automóveis palestina, com sede na zona A, e que foi alugado por um homem que reside também na zona A, não por uma mulher como esta, que está diante deles e para quem apontam suas armas. Tenho que me acalmar. Tenho certeza de que estou exagerando. Sim, como de costume. O chiclete. Onde está? Tenho que me acalmar. Estendo a mão para o meu bolso para pegar a caixa de chiclete.

De repente, sinto algo semelhante a um fogo, uma ardência na mão e depois no peito, seguido pelo som de tiros ao longe.